U0466992

学而书系·皖籍评论家辑

何向阳 刘 琼◎主编

杨庆祥◎著

在大历史中
建构文学史

时代出版传媒股份有限公司
安徽文艺出版社

杨庆祥，安徽宿松人。诗人，批评家。现为中国人民大学文学院教授、博士生导师，北京市作家协会副主席。

出版中文诗集《世界等于零》《我选择哭泣和爱你》《这些年，在人间》，英文诗集 I Choose to Cry and Love You，随笔集《80后，怎么办？》《一种模仿的精神生活》，诗文集《另一个世界的入口》等。获第八届鲁迅文学奖、第四届冯牧文学奖、第三届茅盾文学新人奖等。

学而书系·皖籍评论家辑

何向阳 刘 琼◎主编

在大历史中建构文学史

Xue Er Shuxi · Wanji Pinglunjia Ji
Zai Dalishi Zhong Jiangou Wenxueshi

杨庆祥◎著

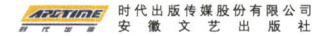

时代出版传媒股份有限公司
安徽文艺出版社

图书在版编目（CIP）数据

在大历史中建构文学史 / 杨庆祥著. -- 合肥：安徽文艺出版社，2024.9

（学而书系. 皖籍评论家辑）

ISBN 978-7-5396-7870-2

Ⅰ．①在… Ⅱ．①杨… Ⅲ．①文艺评论－中国－当代－文集 Ⅳ．①I206.7-53

中国国家版本馆CIP数据核字(2023)第216948号

"十四五"安徽省重点出版规划项目

出 版 人：姚 巍
策　 划：朱寒冬　姚 巍　　 统 筹：张妍妍　柯 谐
责任编辑：宋晓津　　　　　　 装帧设计：张诚鑫

出版发行：安徽文艺出版社　www.awpub.com
地　　址：合肥市翡翠路1118号　邮政编码：230071
营 销 部：(0551)63533889
印　　制：安徽新华印刷股份有限公司　(0551)65859551

开本：880×1230　1/32　印张：9.75　字数：160千字
版次：2024年9月第1版
印次：2024年9月第1次印刷
定价：68.00元(精装)

（如发现印装质量问题，影响阅读，请与出版社联系调换）

版权所有，侵权必究

总　序

又到收获之际,"学而书系·皖籍评论家辑"散发着油墨书香,要与读者见面了。

这套书目前一共八部,由八位在当今文艺评论实践活动中相对活跃的皖籍评论家的著作组成。

每部著作均以理论、评论及学术随笔为主体,力图充分显现八位皖籍评论家视野的开阔性与学术的自由度。

"学而书系"是开放的书系,此前,对评论家的分野多在代际,而以地理方位来分类,"皖籍评论家"只是一种尝试。"皖籍评论家"这个概念是否成立?它的队伍与组成的大致根基在哪里?证明有待时日。而这八部著作组成的书系,可以说是一种自证的开始。

这套书是当今理想的评论文本吗?这一点,留待读者评判。但可以负责任地说,从评论家自选到主编遴选,整个编选过程严格有序,原因只有一个:这套书呈现的是安徽悠久厚重的文化脉络的一个重要部分。身处这样的一个历史链条,我们始终保有虔敬之心。

一方水土养一方人。历史文化源远流长的安徽,自古就显现出它深邃的传统魂魄之美,而近代以来的兼收并蓄与现当代的开放包容,更使生活于其中和保有故乡记忆的人获得了特别的思想馈赠。文化土壤深厚之地,向来文章之风盛行。历代名家先辈已为我们留下震古烁今的作品,而这一代人的奋笔疾书,也旨在为后人提供难得的精神养分。这种书写的传承,是文化薪火得以世代燃烧的深层原因。

当今文坛,皖籍评论家实力可观,他们大多学养丰厚、视野开阔、思想深远而又行文恣肆,队伍的日渐壮大、作品的声名鹊起,都使他们的存在日益得到多方关注。"学而书系·皖籍评论家辑"八部著作,所收录的只是众多评论家思想的局部,作者前面的两个定语,一是"皖籍",一是"评论家",作为先决条件决定了这套书的样貌。八位皖籍评论家,既有来自高校、科研院所的教授、专家,也有来自文学界、出版界、媒体的研究员、学者，客观反映了当今文学评论家分布的大致结构。

出版社再三考量，确定两位皖籍女性评论家担纲主编，以何向阳、刘琼、潘凯雄、郜元宝、王彬彬、洪治纲、刘大先、杨庆祥的八本专著作为书系"开篇"。作为主编，一方面我们深感荣幸，一方面我们也心有不安。在与各位作者多次交流，向他们征询意见，大致确定书系以及各书的走向、形态与结构并收齐全部书稿之后，2023年夏初，编辑、作者在安徽黟县专门召开改稿会。大家充分交流，逐部审订内容，最终确立了这套书的书名、体例与出版日程。

这套书是一个开放的书系，还会有更多的皖籍评论家加入，也可向上延伸，呈现皖籍评论家文艺评论丰厚的历史遗产，或者更可以打破地域之限，以引出当代"中国评论家"书系的出版。当然，若以文学评论为开篇，此后艺术评论更加丰富的面向能够予以呈现，则这套书会有一个更为恢宏的未来。

从动议策划到付梓印刷，历时两年。在传统出版竞争激烈、出版市场压力巨大的大背景下，花费时间、精力与资金出版这套书，安徽出版集团的支持体现了时代的担当，而这担当后面的支撑则是对文化建设的深度尊重与共建热忱。在此,感谢安徽出版集团的眼光与魄力;感谢给予本书系出版以具体支持的朱寒冬先生,他的督阵与推动为我们提供了动力;感谢安徽文艺出版社姚巍社长与各位编辑的踏实、严谨,他们为这套书付出了巨大心力。

目前八部理论评论著作《景观与人物》《偏见与趣味》《不辍集》《中国当代女性文学散论》《成为好作家的条件》《余华小说论》《蔷薇星火》《在大历史中建构文学史》已经放在了各位读者面前,同时,它们也进入了文化与故乡的时空序列中,它们必须接受来自故乡与评论界的双重检验。我们乐于接受这种检验,同时也相信它们经受得起这种检验。

2024 年 6 月 26 日　北京

目 录

总序 何向阳 刘琼／1

上编 史论篇

对现代文学研究几个基本问题的理论思考／3

如何理解"重写文学史"的"历史性"／26

审美原则、叙事体式和文学史的"权力"

　　——再谈"重写文学史"／51

80年代："历史化"视野中的文学史问题／85

"主体论"与"新时期文学"的建构

　　——以刘再复《论文学的主体性》为中心／122

从两个选本谈"第三代诗歌"的经典化／157

在大历史中建构文学史

　　——关于"重返八十年代文学"／180

下编　现象篇

历史重建及历史叙事的困境

　　——基于《天香》《古炉》《四书》的观察 / 197

短篇小说写作的"有效性"

　　——基于 2011 年发表出版作品的考察 / 223

"非虚构写作"的历史、当下与可能 / 241

新世纪诗歌写作的几个问题 / 263

重启一种"对话式"的诗歌写作 / 274

与 AI 的角力

　　——一份诗学和思想实验的提纲 / 290

上编　史论篇

对现代文学研究几个基本问题的理论思考

我在本文想要讨论现代文学研究的几个基本问题,我这里所谓的现代文学,既指作为国家一级学科中国语言文学目录下的二级学科"中国现代文学史",同时也指惯常意义上使用的"中国现当代文学",对于后者而言,虽然很多学者从学科建制的角度对"中国现代文学史"和"中国当代文学史"进行了非常有建设性意义的区别,但是我在此依然对这一看来不太规范的说法持保留的态度,至少在我看来,这种"不规范"和"含混"代表了一种不确定性,恰好是这种不确定性使得现代文学有可能从日益严格的学科制度中解放出来,呈现新的可能。

讨论中国现代文学研究这个问题有非常现实的动因,

1990年代以来,关于现代文学研究的困境就已经被广大研究者意识到,其间虽然有各种调整,但一直收效甚微。如果说1990年代因为1980年代末的气氛的影响以及资本市场与全球政治秩序的转变还处于一种未明的状态,现代文学研究的从业者们也因为各种现实原因而难以对学科和自我进行更深刻的反思。那么,在2008年以后来讨论这个问题则更为迫切,也更有其现实的针对性和可能性。实际上,对于现代文学这样一个一直与现代中国紧密纠缠的文化存在而言——我特别强调它是一种"文化存在",而不仅仅是一个"研究对象"——每一次大的历史变动都会为它注入新的力量,激活潜在的能力,21世纪的前十年中国所发生的巨大变动,尤其是金融危机之后世界秩序的微妙调整并因此而带来的对于文化权力(在官方语言中被表述为"软实力")的高度关注,中国在高度发展过程所呈现出来的种种内部和外部的难题,都是重新讨论这一文化存在的非常及时的历史语境。这是其一。其二是,虽然众多的学者在不断讨论现代文学研究的困境,但是在我看来,讨论的这些问题——比如研究缺乏活力,缺乏整体性的视野,生产大量的没有创新性的论文,缺乏与现实的对话能力等等——是每一个学科都会面临的问题,可以说是一种普遍的情况。在中文系传统的七个专业中,哪一个专业目前不面临这样的问题呢?但是为什么只有"现代文学"感觉到了如此强烈的焦虑和困境呢?从表面上看,这是因为现代文学有一种历史的参照系,因为历史上的现代文学研究不是这个样子,所以人们才会对目前的现代文学研究有种种的不满。但如果不止步于这样的思维惰性,会不会有新的发现呢?过去的现代文学如何变成了今天的现代文学,这仅仅是一个历史流变的过程,还是因为本来在现代文学这一文化存在中,内蕴着某种重要的意识和问题,从而一次次不屈从于自我的体制化和学科化,在迁延的历史进程中执拗地展示其自我,从而让我们不得不一次次对之进行区别性的对待?如果确实存在这种东西,那么这一根本性的东西究竟是什么,并在当下呈现为何种状态呢?我将在一些学者的文章的基础上来有限地讨论这些问题,并能求得对话和交流。

一、现代文学成为"古代文学"？

在学者程光炜的一篇文章《重返80年代的"五四"》中，他用了一个很有意思的小标题——"现代文学已经变成了古代文学"，他是这么说的："它日益把现代文学视为一种'学问'，就像在80年代就被'边缘化'的'古代文学'一样。它仍在使用80年代的学术语言来解释已经面临90年代语境压力的'五四'精神。""'古代文学'之所以在80年代就被'边缘化'，是因为它把文学研究变成了一种脱离于自己时代的所谓'学问'，而人们现在不免担心，现代文学是不是也在重蹈'古代文学'的覆辙，重走脱离自己时代的老路。"程光炜的判断很敏锐，但出于某种原因，他在此似乎仅仅提出了问题，而没有明确描述出现代文学在当下成为古代文学的种种表征。在我看来，以下几个方面是现代文学变成古代文学的表征：第一是研究方法上。现代文学在1990年代的"学术压倒思想"的思潮倾向中越来越倾向于考据学的研究，这些研究不外乎史料的发现、挖掘和整理。我们知道，在1970年代末1980年代初现代文学研究也曾经热衷于这种研究方式,并一度以"回到乾嘉"为其治学目标,但需要指出的是,1980年代初这种研究方法是针对现代文学研究在六七十年代被极度政治化的事实而产生的,既承担着学科重建、积累知识的功能,又是进行意识形态调整的需要。而1990年代以来的现代文学研究虽然也有1980年代的历史语境,但现代文学学科在1990年代基本上已经成形,因此,这种"乾嘉汉学"式的研究几乎就是在"学术规范"的口号下进行的一种学科内部的自我生产,与1980年代其鲜明的问题意识相比,这种研究方法在1990年代已经变得有些封闭和局限,从某种意义上甚至可以说是一种对于现实问题的无力而导致的一种自我封闭。"现代文学研究在90年代最明显的特征,就是从原先对于思想和社会问题的介入中退出,学术规范和专业化成为学科最突出的追求……90年代出现的重新确立经典、史料热,地域文学研究热,报刊研究热等等,都可以从这个角度重新打量。"现代文学研究从表面上看变成了一门有"学问"的学科,而恰好是这种无力的"学问",暗示了它的衰退。"考据"变成了"索引",很多的学者和研究生热衷于从故纸堆里拈出一些三流四流的作家作品,毫无根据地夸大其文学史意义,这已经成为现代文学研究的一种不正常的"常态"。第二是研究态度上的鉴赏主义和趣味主义。在目前的研究界,普遍存在着一种以专业姿态出现的"非专业"研究态度,非常典型的表现就是热衷于对一些比较流行的作家作品进行研究。如果你让一个现代文学专业的老师推荐现代文学作家作品,他大概会毫不犹豫地推荐周作人、沈从文、钱锺书、张爱玲、徐志摩等,在近几年的研究生学位论文中,以我任教的人民大学为例,这些作家也是选题最多的。从某种意义上讲,这是一件好事情,这意味着现代文学有了自己的经典作家和经典作品,成为一个有"共识"的学科;但从另外一个角度来讲,这恰好也是一种致命的缺陷,因为学术研究最害怕的就是这种"无意识"的经典观念,它不仅排斥了经典以外的诸多内容,也导致了经典本身的封闭性,并对"经典"产生了依赖症式的鉴赏主义和趣味主义。诚然,文学研究有其鉴赏和趣味的一面,但是就其根本而言,文学研究远远不止于鉴赏和趣味,更何况对于现代文学而言,周作人、沈从文、张爱玲等作为在1990年代以来的去政治化的历史语境中建构起来的"文化代码",其本身的经典性就非常值得怀疑。比如2008年香港导演李安执导的《色戒》在大陆知识界引起热烈的争论,就从另一个侧面反映了张爱玲作为一个文化政治符号所涵盖的历史复杂性。与第二方面密切相关的是现代文学的功能发生了变化,现代文学在当下作为个人的修身养性的功能性作用得到了强化和放大。读张爱玲、沈从文、周作人的目的是什么?我曾听一个学者在一次会议上说,研究生选题就应该选周作人、沈从文这样的题目来做,因为这些题目可以让你读很多书,是能受用一辈子的。读很多书,受用一辈子,这当然是从个人修身养性的目的来谈的,这个说法本身没有错,能够将研究与个人的修养联系起来也是一件好事情,但问题在于,为什么是周作人、沈从文才能成为修养的一部分,而茅盾、巴金、赵树理就不能成为修养的一部分呢?这种"修养"背后的趣味主义和"经典意识"可见一斑吧。

一个学科变成了"学问",从表面上看来似乎是好事情,但从根底究竟起来,也就看出了其停滞和故步自封,"学问"变成了个人的"兴趣""爱好""修养",而对这些"兴趣""爱好""修养"又不进行详细的自省和辨析,而是盲从于大语境中文化符号的设定和规训,那么,既然意识在一个"规定"的范围内按照既定轨道进行匀速的行驶,"研究"也就变成了生产和复制,学问也就变成了与此时此地无关的僵死的"材料"。这几年我一直很少阅读中国大陆古代文学研究者的文章和书籍,因为在我看来,他们的大多数研究都是"不在场"、静态化的研究,这种研究预设了"古代"与"当代"是一个完全隔绝的历史语境,在一个想象中的静态"时空"里进行学问的生产。(近来所谓的"原典重读"之类的趋向大概就是这种观念的折射)但非常让人怀疑的是,有一个不变的"古代"或者"古典"存在吗?今天我们讨论的"古典文学"其实也是一种历史建构的结果吧?比如在中国古代的文史传统中,诗文才是文学的正统和经典,而小说一直属于不能登大雅之堂的"野史稗言",我们今天所谓的"四大名著"其实也不过是晚近一段时间才被厘定的经典。如果我们以为"四大名著"就是静态的"经典",那就不是历史唯物主义的态度。不过就古代文学而言,因为中国在近代经由古典向现代的转型,以及"言文一致"运动导致的"文言文"的解体和消失,它在整体上确实已经成了"历史档案",因此对于它的这种"不在场"的研究,似乎没有必要苛责。但是对于现代文学研究来说,历史正在继续展开,因此,它无法回避历史的"在场"而进行某种"不在场"的纯学问研究。比如启蒙主义文学,一些学者在1990年代末开始宣布启蒙主义的终结,以为随着中国市场化进程的推进和大众社会的兴起,启蒙主义文学已经不需要了,但是事实是这样吗?康德在《回答一个问题:什么是启蒙?》里面曾谈到,启蒙就是一个人理性地承担自己的责任和义务。如果以此为启蒙的标准,在我看来,启蒙文学还是应该有它存在的理由的。也就是说,现代的"命题"在中国当下都是"进行时",而不是"过去时"。在这种情况下,简单宣布历史的终结,逃避现实应对,来抽象地强调文学的修养、学问和趣味,这是不是一种非历史的、逃避责任的思考方式和行为方式呢?

二、"文学"研究与"文学史"研究

现代文学研究目前面临的另外一个困境是把"文学"

研究和"文学史"研究人为地割裂开来。我们知道,自从韦勒克的《文学理论》面世以来,"外部研究"和"内部研究"就成为文学研究两种经典的模式。但需要指出的是,我这里所谓的"文学"研究和"文学史"研究并不对应于韦氏的这种两分法,如果非要给这两者一个清晰的区分的话,我觉得用"普遍性的研究"和"历史性的研究"更为合适一些。"文学"研究指的是一种普遍性的研究,这种研究的目的是要在文本(作家与作品、思潮与流派等)的基础上发展出一种普遍性,并指向一种普遍美学的向度。而"文学史"的研究则偏重于"史"的维度,它面对的不仅是文本,同时也面对产生这一文本的制度、生产机制和社会语境,这种研究的目的从某种意义上是一种结构性的话语研究,也就是分析文本在各种话语关系中的生产过程和历史地位。举例说明,对于张爱玲的研究是1980年代末以来现代文学研究的显学,其中尤其以夏志清在《中国现代小说史》中对于张爱玲的论述最为著名,那么,夏志清的这种基于文本细读式的作品分析,并概括出张爱玲的小说美学在于"苍凉"等,最终把张爱玲的作品普遍化为一种文学美学甚至是人生美学,这就是我所谓的"文学"研究。而"文学史"的研究则应该考虑另外一些问题，比如，张爱玲是在怎样的历史语境中登场的？张爱玲的小说美学与同时期的其他小说美学（如"左翼文学"）之间形成了何种对话或者对抗关系？张爱玲的美学与上海、香港这些文化空间有什么关联？张爱玲在1980年代重返文学史并获得如此重要的地位是出于什么样的原因？等等。需要指出的是，在夏志清的研究中，虽然他明显侧重于"文学"研究（普遍性的研究），但依然没有放弃历史性研究的维度，所以张爱玲在夏志清的研究中依然呈现出复杂、开放的形态，但是后来的很多研究却没有去分析夏志清研究的前提，而是把夏志清的研究作为一个普遍的标准予以接受，不加分析地去认同张爱玲的普遍性美学，最后把张爱玲完全变成了一个文化符号。

在我看来，真正有意义的研究也许是这两种研究方式的结合，那就是既着眼于"文学"研究的"普遍性"，同时也不放弃对于"历史性"的探究。或者说，普遍性之所以有意义，总是在一定的历史性的基础之上建构起来的。目前现代"文学"研究要么偏执于普遍性的文学研究，比如我上文提到的沈从文、张爱玲的研究,从单个的作家作品里面抽离出某种抽象的、不着边际的审美标准,然后再拿这些标准去套其他的作家作品,以为如此经典就可以厘定,而"文学史"研究就大功告成。这是1980年代去政治化研究路向的一种"遗产",这种研究甚至都没有达到韦勒克的"内部研究"的水平,而只是流于一般所谓文学风格和写作特色的印象式的批评。而在另外一个层面上,历史性的文学史研究被简单化为"史料"的研究,这在上文已经提及,不再赘言。

特别需要指出的是,1990年代以来由于文化研究的导入,对于现代文学研究产生的影响甚大,其中尤其以"再解读"思潮为最。毫无疑问,"再解读"对于现代文学研究在1990年代的推进(即使这种推进非常有限并问题重重)具有非常重要的正面意义,"通过吸收和转化新的理论资源,跨越专业区隔的限制……为现代文学研究找到了重新出发的起点,也打开了新的文化政治空间"。但在我看来,"再解读"在表面的"历史性"研究中实际上消解了历史性,在"再解读"中一个普遍的研究模式就是"革命文学"话语是如何被其他的话语所挟持和改写,以及其他的话语是如何通过革命话语来获得其"表达权"。比如孟悦对于歌剧《白毛女》的解读:"政治运作是通过非政治运作而在歌剧中获得合法性的。政治力量最初不过是民间伦理逻辑的一个功能。民间伦理逻辑乃是政治主题合法化的基础、批准者和权威。只有这个民间秩序所宣判的恶才是政治上的恶,只有这个秩序的力量才有政治上以及叙事上的合法性。在某种程度上,倒像是民间秩序塑造了政治话语的性质。"在此,"政治"与"民间"被置于二元对立的关系,而大众文艺似乎也和意识形态有着某种对抗性。但让人怀疑的是,"民间"是否就是原生态意义上的"非政治"的飞地？大众文艺本身是否也是另外一种意识形态？在这个意义上,我觉得"再解读"其实是一个非常暧昧的研究路向,它的暧昧性在于其价值立场上的摇摆不停,并最终通过对"革命文学"的文化研究来达到"告别革命"的目的。"对于40至70年代中国革命历史的特殊性,他们还没有找到一种总体的认知和阐释方式。所以更多的时候,他们显然还是在从'外部'解构革命话语的意识形态。""再解读"的另外一个思路就是回避文本的历史生成语境和问题意识,通过一系列的"后学"理论,把"社会主义美学"转译为"后现代美学",并以某种客观化的知识被"叙述"出来,比如张英进在分析电影《刘三姐》时认为:"充满'异域情调'的少数民族地区拍摄的电影在象征性结构中并不意味着相应的权力分配。相反,在'族裔'文化实践中确定'民族风格'的结果,决非'少数民族'文化向一种'主要民族'地位的回归,而往往是把少数民族作为中华民族大团结的一部分而合法化。""考虑到50年代和60年代日益浓烈的政治气氛——也可以转译为中国电影制作者的艺术自由越来越少,少数民族电影的功能更多的不是作为虚妄的'异域奇景',以满足电影观众对'异域世界'的欲求,而是民族国家通过定型化的形象把少数民族客体化、并把它们纳入社会主义中国框架之中的一种行之有效的方式。"但张英进可能忽略了一点,"风景"虽然在电影中并不是作为异域奇景来呈现的,但是也并不是民族国家把少数民族定型化,从而达到"一统天下"的霸权主义"形式",在我看来,《刘三姐》中大量的"风景"的呈现使得风景具有一种"主体性",这一"主体性"使得"风景"具有了超越简单的意识形态的含义。更具体一点来说就是,"风景"在呈现的过程中解放了自我,风景不仅是客观的自然环境,同时也是具体的社会背景。正是通过这种"风景"的呈现,刘三姐获得了其"社会主义主体"的身份,而正是通过类似于《刘三姐》的一系列文本,社会主义文学(文化)才获得了其鲜明的问题意识并有效地与现代文学(文化)区别开来。

要么把"文学"从"文学史"中剥离出来,要么把"文学史"从"文学"中剥离出来,这就是当下现代文学研究非常普遍的一种现象。以"优秀作家作品"为中心的文学史写作作为1980年代"重写文学史"思潮的一种延续甚至是强化,固然为文学的"去政治化""去革命化"起到了重要的作用,但同时也把文学史简化为一种"作品史",这显然是不够的。文学史固然不能是革命史、政治史,但文学史自始至终都是"大历史"的一部分,去"政治化"绝不是去"历史化"。因此,如何把文学再次缝合、楔入文学史,在一个"大历史"的视野中来展开研究,是当务之急。

三、"整体性"与"当下性"

通过各种制度性力量(表现为杂志的选稿标准、研究生论文的选题、优秀论文的评比以及著作的出版、文学史课堂的倾向性授课等)把现代文学限定在"学科"的范围内,并以"学问"的名义来清除现代文学本身的"杂质",这是1990年代以来现代文学研究一个暗藏的倾向。这里一个非常纠缠的问题就是,在对现代文学进行学科化(同时也是去异端化、正典化)的过程中,整体的研究视野被一再提出,比如1980年代中期影响较大的"20世纪中国文学""新文学整体观"等概念,但非常吊诡的是,这种"整体观"最终却拆解甚至是破坏了现代文学研究的"整体性",也就是说,在"二十世纪中国文学""新文学整体观"完成其在1980年代末"去政治化""去革命化"的意识形态的功能后,作为一个文学史的概念,它们实际上已经在1990年代耗尽了其历史势能。一个非常明显的例证是,1990年代末以后,对于"'文革'文学""十七年文学"的研究成为学界的一个热点,这一方面固然是学术增长点的惯性变化,但从更广阔的视野来看,却是对1980年代确立的"新启蒙"的文学史观念的反驳和质疑。但非常遗憾的是,无论是当初这些概念的提出者还是后来的文学史研究者,都没有意识到这种变化和区分,而是毫不犹豫地把"二十世纪中国文学""新文学的整体观"这样一些带有强烈的批评色彩和权宜之计的概念作为一个"范畴"进行了"知识化"。我觉得这是1990年代以后现代文学研究始终陷于一种自我循环的主要原因之一。"二十世纪中国文学"和"新文学的整体观"等概念之所以在20世纪80年代的历史语境中能够成为一个"主导型"的概念,那也是因为这些概念充满了"当下性",是从1980年代的历史语境出发的概念。当1990年代以后中国的历史语境再次发生重大的变化的时候,我们发现,1980年代确立的如纯文学、知识分子、启蒙等等一套概念体系已经无法描述1990年代后的中国社会和中国文化了。而现代文学研究这个时候没有去认真地反思这些概念的前提和局限,而是全盘接受下来,并在这些概念划定的范畴内用一些零散的史料去填充这些概念,其结果,现代文学不仅失去了其解释当下社会文化的能力,也失去了其解释自身历史的能力。它既不能对日益变化的社会现实发言，也就无法借助这些变化来更新自我。

因此非常有必要的是重新讨论新的"整体性"的可能。张英进在近来的一篇文章中提到中国现代文学研究的"消失的整体性"，他借助北美中国现代文学研究的现状以及后结构主义的文化理论来讨论"整体研究"的不可能性或者说"冒险性"，并论证"比较文学史"的可能。在我看来，张英进看到了在"宏大叙事"解体之后"重建整体性"研究的难度，但他同时也不得不承认，文学史的研究本身已经蕴含"整体性"的视野，而所谓的比较文学史研究，其实也是在一个整体性的想象之下才有可能得以存在。在我看来，问题的关键不是需不需要"整体性"的问题，而是需要何种"整体性"的问题。也就是说，"整体性"的主语非常重要，是文本主义的整体性（如所谓的"新文学的整体观"），还是文学英雄谱系的整体性？是意识形态主导的"整体性"（如"新民主主义文学论"），还是历史语境化的整体性？在我看来，真正有效的"整体性"大概应该是历史语境化的整体性，这是一种包含了前三者同时又可能超越前三者的整体性。这一整体性的要义在于不仅仅把文学史作为一种客观的过去的知识予以记录(这当然是非常重要的),而且是把文学史视作一个从过去延续到当下的历史的主体,而这一"过去"之所以能够存在,恰好是因为"当下"进入了"过去"。这就是本雅明所谓的历史唯物主义:"历史唯物主义者不能没有'当下'的概念。这个当下不是一个过渡阶段……这个当下界定了他书写历史的现实语境。历史主义给予过去一个'永恒'的意象;而历史唯物主义则为这个过去提供了独特的体验。""整体性"是有"当下性"的整体性,而"当下性"则是在整体性(同时也是一种历史性)的观照下的"当下性"。也正是在这个意义上,我觉得"中国现当代文学"这个看似很不"科学"的说法有其存在的意义,它至少暗示了这种倾向:第一,中国现代文学(通常意义上的30年)和中国当代文学本来就是一个连续性的整体;第二,中国现当代文学是一个既立足于历史性(从现代看当代、当下)又立足于当代性(从当代、当下看现代)的没有完成的历史主体。

四、现代文学研究的根本问题

现代文学研究的"当下性"也就是它必须在新的历史语境中找到一个支撑点,并通过这个点回溯自我的历史,激活并更新它。这个支撑点究竟是什么?怎么去寻找这个支撑点?正如前面我所提到的,所谓的"当下性"必须是一种"历史性""整体性"的当下性,因此要寻找到这个支撑点,就不仅仅是着眼于当下的现实,同时也必须回到起源和过程中去,也就是要回到现代文学的发生发展史中去。1990年代以来的现代文学研究对于"发生学"的研究蔚为大观,其中又以"现代性"叙述最为流行。在我看来,这一"现代性"的视角实际上问题甚多,在这个"现代性"的背后,是1990年冷战终结后西方普遍主义的产物,"现代性"的现代不过是西方"世界史"的一种学术话语,而从根本上并非中国现代文学的"现代"。此"现代"非彼"现代",此"现代"——也就是中国现代文学所谓的现代——虽然也包括西方"现代"的种种因素,但从本质上却有着巨大的差异。从某种意义上说,中国现代文学的现代,一方面固然是借助西方的"现代话语"(人道主义和人的文学)来把中国文学从"古典文学"中解放出来,这是五四新文化运动最重要的目的之一。而在另外一方面,却又是借着世界"左"翼的话语和本土经验把自我从西方的"现代"中解放出来,这是三十年代普罗运动和革命文学之所以发生并壮大的因由。这两种意义上的"解放"奠定了整个现代文学发展的基本路向,这就是不断地从某种单一的历史叙事中解放自我,不断地回到中国的现实历史语境中寻找自我历史更新和发展的动力。比如在1930年代的大众文艺运动陷入困境后,1940年代的解放区文艺通过赵树理的方向的确立为之寻找到了新的解放的可能,而1950年代至1970年代末的文学历史,从一种意义上可以说是一种"一体化",但从另外的意义上说却是文学在不断地寻找更加激进的"解放"之路。

今日之现代文学的基本格局可以说奠定于1980年代的一系列话语模型,这些话语模型最主要的特征就是重返五四,走向世界。也就是说,在20世纪80年代,普世意义上的"现代"再一次成为历史叙述的主角,"中国现代文学"这一句法结构中"中国"被去势化,而"现代"被"赋魅"和

"放大","中国现代文学"被视为可以加入"世界文学史"的一种普遍性的存在,而在这一过程中,中国现代文学不断从"世界文学史"中"解放"的历史冲动被"搁置"或者压抑。因此,在我看来,今日中国现代文学研究的根本问题就在于重新认识"解放"的问题,要意识到,"解放"问题不仅是中国现代文学的历史内容,同时是它的历史形式:在1920年代,它是人道主义和白话文运动,在1930至1940年代它是"左"翼主义和大众化运动,在1950至1970年代,它是社会主义现实主义,在1980至1990年代,它是去革命化和现代主义。这一历史内容和历史形式互相作用,共同推进着中国现代文学的发展以及关于中国现代文学研究的发展。具体来说,目前的中国现代文学研究要再一次从1980至1990年代形成的知识结构和历史观念中"解放"出来。这一方面在于1990年代以来的中国社会已经发生了巨大的变化,纯文学、审美等一套现代主义的认识范式已经不能回答被劳资关系、贫富悬殊、分配不公、国内外矛盾激化所重重裹挟的中国现实;另外一方面,2008年的金融危机所导致的世界经济政治秩序的重组已经使我们再次意识到所谓西方

"现代性"所面临问题和缺陷。可以这么说,"世界史"再次以一种逆转的形式展示了其巨大的裂隙,在这样的情况下,"现代性"的"中国属性"被再次激活,它在寻求更合适的内容和形式。如果要问什么是中国现代文学的当下性,这就是其当下性;如果问什么是中国现代文学的历史性,这就是其历史性。只有从这个根本性的问题出发,中国现代文学研究才不会被"学问""修养""经典"等一些"纯知识化"的命题所束缚,才不会满足于个人的修身养性和趣味爱好,才能在研究的"解放"中"解放"历史和当下,最终获得更阔大的历史生命。

如何理解"重写文学史"的"历史性"

一

让我们从一个文化事件谈起。2000年,《收获》第2期《走近鲁迅》专栏刊发了三篇文章,分别是冯骥才的《鲁迅的功与过》、王朔的《我看鲁迅》、林语堂写于1937年的旧文《悼鲁迅》。这三篇文章虽然风格各异,重点不一,但都有一致之处,那就是对鲁迅"经典形象"进行一种解构式的"重写"。冯骥才开篇就点出鲁迅的"成功"之处在于"独特的文化的视角,即国民性批判",但是随即笔锋一转,认为:"然而,我们必须看到,他的国民性批判源自一八四〇年以来西方传教士那里……可是,鲁迅在他那个时代,并没有看到西方人的国民性的分析里所埋伏的西方霸权的话语……由于鲁迅所要解决的是中国自己的问题,不是西方的问题,他需要借助这种视角以反观自己,需要这种批判性,故而没有对西方的东方观做立体的思辨。……可是他那些非常出色的小说,却不自觉地把国民性话语中所包藏的西方中心主义严严实实地遮盖了。"①王朔则直言"鲁迅的小说确实写得不错,但不是都好,没有一个作家的全部作品都好"。"鲁迅写小说有时是非常概念的,这在他那部备受推崇的《阿Q正传》中尤为明显。""我认为鲁迅光靠一堆杂文几个短篇是立不住的,没听说有世界文豪只写过这点东西的。"②林语堂以同代人的身份对鲁迅的定位是:"鲁迅与其称为文人,无如号战士。战士者何?……不交锋则不乐,不披甲则不乐,即使无锋可交,无矛可持,拾一石子投狗,偶中,亦快然于胸中。此鲁迅之一副活形也。"③这三篇文章一俟发表,立即在文化界引起很大反响,反对者有之,赞成

---

① 冯骥才:《鲁迅的功与过》,《收获》2000年第2期。
② 王朔:《我看鲁迅》,《收获》2000年第2期。
③ 林语堂:《悼鲁迅》,《收获》2000年第2期。

者亦有之,①但大多秉持某种道德化立场,真正有价值的观点并不多,所以有人指出:"从1999年底刮起的一股'批鲁

---

① 2000年5月22日,浙江绍兴市政协委员、绍兴市作家协会主席朱振国以会员身份致函中国作家协会,对三篇文章表示不满。朱振国认为:"概括《收获》上的三文,可以说冯骥才的开篇是'点穴',王朔卖点是'抹粪',林语堂压卷是'漫画像'。"他进一步指出:"对待历史人物,尤其是文化伟人,我们需要保持明智的心态,宗师、奠基人、开先河者,有其不完美是难免的,但他们的历史地位永远是不可动摇的。想以对巨人的轻侮衬托自己的高明,或以为巨人已长眠地下不可辩护和抗争而显得猖狂,只能证明自己的愚蠢、浅薄和卑劣。《收获》杂志封面上赫然打着'巴金主编',我们知道巴老是崇敬鲁迅的,他在1983年来绍参观鲁迅纪念馆时,留下了'鲁迅先生永远活在人民的心中'的题词。读者迷惘的是:这次《收获》讨伐鲁迅,到底是出于怎样的考虑?作为我们协会主席和刊物主编的巴金知不知道这事?如果不知道,那么,这次'倒鲁'是谁策划又代表了谁的旨意?用意何在?"文章结尾,朱振国要求中国作家协会机关报《文艺报》刊出这封公开信并做出复示。朱振国的文章首先发表在《绍兴日报》,一些媒体对此进行了报道,比如新华社发表了题为《贬损鲁迅引起作家朱振国质疑》的消息,《中国青年报》发表了标题为《绍兴作协主席质问〈收获〉:贬损鲁迅,意欲何为》的消息。6月1日,绍兴市鲁迅研究会、绍兴市作协、绍兴市文联、绍兴市社科联的有关人士还召开了"反对贬损鲁迅座谈会"。《收获》杂志的副主编肖元敏、程永新对朱的质疑做出了强烈反应,分别发表了题为《走近鲁迅,用心良苦》《走近鲁迅,何错之有》的相关文章。中国作家协会并没有对朱振国的公开信公开表态,但是在6月10日出版的《文艺报·作家论坛周刊》开辟了相关专栏,在"鲁迅是中国现代进步文化的代表"的大标题下发表了北京召开"鲁迅研究热点问题讨论会"的消息,题为《鲁迅的革命精神不容亵渎》,另外刊发了陈漱渝的访谈录,题为《要想跨越他,首先要继承他》。

风',实际上是1998年文坛'断裂'事件的延伸和继续。如果不认真研究导致产生这种现象的深层原因并加以妥善解决,而单就鲁迅论鲁迅,那就会纠缠不清,也不可能从根本上解决问题。"① 那么,这一深层的原因究竟是什么呢?

如果我们联系到冯骥才的另外一篇文章,或许能看得更清楚一些。1993年,在一部分学者提出"后新时期文学"② 这一概念之际,冯骥才发表了《一个时代结束了》③ 一文,提出"新时期文学"已经成为一种"历史",是到了"应该自我保存"的时候了。冯骥才列举的理由有四:第一,"新时期文学"已经完成了挣脱"文学为政治服务"的使命;第二,"新时期文学"已经完成了"文学回归自身"的使命;第

---

① 陈漱渝:《要想跨越他,首先要继承他》,《文艺报》2000年6月10日。

② 1992年秋,北京大学中国语言文学研究所和《作家报》联合召开了"后新时期:走出80年代的中国文学"研讨会。这次会议将90年代文学命名为"后新时期文学"。与会者的文章分别发表在《当代作家评论》1992年第5期和《文艺争鸣》1992年第6期上。正如有的研究者所言:"尽管对'后新时期文学'的时间划分以及具体的内涵、特征有着不同的见解,但他们大多以'市场化'、商品经济的消费性对文学的影响作为区分两个不同文学时期的前提。"(洪子诚主编:《中国当代文学研究》,北京出版社,2001年,第119页)

③ 冯骥才:《一个时代结束了》,《文学自由谈》1993年第3期。

三,"新时期文学"的读者群已经涣散;第四,在市场经济的冲击下,文学的使命、功能、方式,都需要重新思考和确立。由此可以看出,从"走出80年代文学""新时期文学终结"到"批鲁风",这些文化事件背后的深层原因是90年代以来中国社会的转型要求对80年代建构起来的文学史观念和文学经典进行再一次的重写。很明显,在冯骥才、王朔等人看来,要走出80年代文学(新时期文学),就必须走出鲁迅的神话,只有解构了鲁迅的神话,才有可能解构80年代文学的神话。这里一个很有意思的问题是,作为80年代文学的亲历者和参与者,冯骥才和王朔都非常敏锐地意识到了一个事实,那就是,80年代文学话语是一种建立在对以鲁迅为代表的"五四启蒙文学"的激活和建构的基础之上,并最终确立了以启蒙为主导的现代化文学话语叙事。正如贺桂梅在其博士论文中所论述的:"80年代前中期,对五四传统的理解在思想文化界大体是一致的。批判传统的封建主义文化因素、倡导世界性文化眼光和肯定普遍意义上的'人性',都被看成是五四时代没有完成的现代文化建构工程,而在80年代得到继续。正是在这个意义上,80年代被看成是直接继承了五四传统,以推进中国文化的'现代化'的历史时期。"①因此也可以这么说,冯骥才、王朔等人对鲁迅的批评,决不仅仅是对作为单个作家的鲁迅的批评,而是对80年代以来所建构起来的以鲁迅为代表的现代化文学话语的批评。在此我无意辩驳这一文化事件的是是非非②,只是想指出一个问题,当"冯骥才们"试图"重写"以鲁迅为代表的中国现当代文学(史)的时候,与其说他们面对的是中国现当代文学(史)这一历史的存在,不如说他们面对的是经过80年代的"重写文学史"思潮建构起来的中国现当代文学(史)这一话语的存在。实际上,90年代以来的一系列文化事

---

① 贺桂梅:《80年代文学与五四传统》,北京大学博士学位论文,2000年6月,未出版。

② 在我看来,第一,冯、王虽然站在90年代的立场上对80年代的文学话语进行批评,但所使用的知识资源在很大程度上还是来自80年代,比如王朔对小说的非概念化、虚构本质的强调,实际上来自80年代"新潮小说"的评价标准;第二,冯、王等在对80年代所建构起来的中国现当代文学史话语进行批评的同时,一方面暴露了其中的一些问题,另外一方面同时遮蔽了中国现当代文学(史)的历史性。

件,如"人文精神"大讨论、"断裂问卷事件"①、经典大师排位②、《收获》事件等等,他们的诸多话语方式、知识资源和行为逻辑都与80年代的"重写文学史"思潮密切相关,"从某种角度看,这可以看成'重写文学史'历史逻辑的延续"③。它们一方面沿袭了"重写文学史"思潮的某些知识资源和行为方式,另一方面,又通过一种断裂的方式证明了80年代(包括"重写文学史"思潮)不仅是一种历史的存在,更内在于我们当下的文化构成之中。这些当下的话语

---

① 1998年,作家韩东、朱文等人发起一份旨在挑战现有文学秩序的"断裂"问卷,后来问卷和56位青年作家、评论家的答卷一起刊登在当年的《北京文学》第10期上。这份问卷由于问题设计很有针对性、倾向性和引导性,在当时的文坛引起很大的反响。参与者宣称要跟长期信守的道德观、价值观以及信仰、趣味断裂。题目包括"你认为中国作家协会这样的组织和机构对你的写作有切实帮助吗?你怎样评价它?""你认为作为思想权威的鲁迅对当代中国文学有无指导意义?""你对《读书》和《收获》杂志所代表的趣味和标榜的立场如何评价?"等。回收的问卷中,出现了这样的回答,"公共浴室(问题一)"、"让鲁迅歇一歇吧(问题二)"、"《读书》是特辟的一小块供知识分子集中手淫的地方,《收获》的平庸是典型的,一望而知的(问题三)"。

② 1994年,北京师范大学教授王一川主编《20世纪中国文学大师文库》,文库在小说卷"排行榜"中选入金庸,而茅盾则落选。

③ 温儒敏、李宪瑜、贺桂梅、姜涛等:《中国现当代文学学科概要》,北京大学出版社,2005年,第129页。

事件以后发的方式进一步凸显了80年代"重写文学史"思潮在应对、推动和型构中国现当代文学(史)话语时的重要意义和作用,它使我们意识到,在一个更开阔的历史视野和知识语境中回过头来重新审视80年代的"重写文学史"思潮,以及与此相关的文学(史)叙事,不仅是历史研究的需要,也是回答当下困扰我们的诸多文化问题的现实需要。

二

毋庸置疑,80年代关于中国现当代文学的叙事与"重写文学史"思潮密切相关。首先,"重写文学史"思潮建构起了一种新的中国现当代文学史的学科形态,正是在80年代"重写文学史"思潮的发生和展开过程中,一种完全不同于此前的中国现当代文学史被叙述并确立起来。经典作家谱系的更替大概最能见出这种变化的幅度。1951年,以陈涌为首的北大文学研究所主要从事现代重要作家的研究,他们首选的八位作家是:鲁迅、瞿秋白、郭沫若、茅盾、丁玲、巴金、老舍、赵树理。① 到了唐弢、严家炎主编的《中国现代文学史》中,鲁迅、郭沫若、茅盾各单列一章,巴金、老舍、曹禺三人合为一章;②到了 1987 年出版的《中国现代文学三十年》中,单列一章的经典作家是鲁迅、郭沫若、茅盾、老舍、巴金、沈从文、曹禺、赵树理。③ 进入 90 年代以后,这种变化的幅度更大,樊骏根据《中国现代文学研究丛刊》上发表的文章作了专门的统计,以 1989 年为界,前十年关于鲁、郭、茅、巴、老、曹的文章占了作家作品研究的半数以上,而近十年则缩减为四分之一;张爱玲、沈从文、萧红、林语堂、徐訏、冯至、穆旦的研究文章明显增多,有关闻一多、赵树理、夏衍

---

① 王瑶 1951 年 5 月 8 日致叔度的书信,《王瑶全集》,卷八,石家庄:河北教育出版社,2000 年 1 月。1951 年出版的王瑶的《中国新文学史稿》是以文学体裁来进行章节划分,只有鲁迅的小说《呐喊》和《彷徨》、曹禺的《雷雨》被单列一节。见王瑶:《中国新文学史稿》,上海:新文艺出版社,1954 年 3 月重印。1956 年出版的刘绶松的《中国新文学史初稿》是以文学斗争为主要叙述对象,单列一章的作家只有鲁迅一人,单列一节的作家有瞿秋白、柔石、胡也频、殷夫四人。

② 唐弢主编:《中国现代文学史》(第一卷、第二卷),人民文学出版社,1979 年。唐弢、严家炎主编:《中国现代文学史》(第三卷),人民文学出版社,1980 年。

③ 钱理群、温儒敏、吴福辉、王超冰:《中国现代文学三十年》,上海文艺出版社,1987 年。

等人的文章显著减少。① 而且,不仅是经典的秩序被重写,即使是地位没有变化的经典作家,研究的角度也明显不同。以鲁迅为例,在80年代的"重写文学史"思潮中,鲁迅从此前革命的、无产阶级战士的、现实主义的鲁迅变成了一个启蒙的、现代主义的鲁迅,与此相关的是,以前遭到忽略的《野草》等作品获得高度的肯定和评价。再比如对沈从文和张爱玲的发现和肯定,也决然不仅仅意味着发掘或者"平反"一些被掩埋的作家作品,在这种经典谱系的更新中,还蕴含着一种新的文学史的评价标准和准入原则。正如王瑶所总结的:

> 针对长期以来存在的"以社会主义文学的标准衡量现代文学"的"左"的倾向,强调了现代文学的新民主主义性质,提出要以是否具有"反帝反封建"的倾向,以及这种倾向表现得是否深刻、鲜明作为衡量和评

---

① 樊骏:《〈丛刊〉:又一个十年(1989—1999)——兼及现代文学学科在此期间的若干变化(上)》,《中国现代文学研究丛刊》2000年第2期。

价现代文学作家作品的基本标准。……随着研究工作的深入,人们逐渐发现"反帝反封建"的标准本身仍然存在着一定的局限性……正是在这样的情况下,有人提出了"文学现代化"的概念。它包含了文学观念的现代化,作品思想内容的现代化,作家艺术思维、艺术感受方式的现代化,作品表现形式、手段的现代化,以及文学语言的现代化等多方面的意义,并且把作家作品的思想内容、倾向和艺术表现、形式统一为一个有机整体;应该说,它是把现代文学"反帝反封建"的思想特质包括在内,具有更大的包容性,揭示中国现代文学本质的一个概念。……这个概念的提出,是现代文学研究工作的又一次思想解放,它使我们研究工作的重点由注重现代文学与新民主主义革命时期其他意识形态的共性转向了现代文学自身的个性。[①]

在"重写文学史"思潮的推动下,区别于"政治标准"的

[①] 王瑶:《关于现代文学研究工作的回顾和现状》,《王瑶全集》卷五,河北教育出版社,2000年。

"文学性标准""审美标准"逐步得到确立,并在一定程度上恢复并重建了中国现代文学的学科性质,"首先在理论上明确了现代文学史作为一门学科,它既属于文艺科学,又属于历史科学,它兼有文艺学和历史学两个方面的性质"①。这种对中国现代文学学科性质的确认,直接影响到对中国当代文学学科的认识和研究:

> 现代文学、当代文学的学科建制或创建……包含了对"文学"基本观念的重新理解,以及新时期文学实践的性质等更为核心的问题。关键问题之一,是"当代文学"性质的变更。……其中发生的微妙变化,则是"十七年时期"处于"边缘"或"非主流"位置的文艺观点和作品,渐次地转为"主流"。……新的"主流"文学指示的方向,不仅扭转了"文革"时期趋于极端激进的革命文艺实践的路径,而且在《讲话》和"五四"的承

---

① 王瑶:《关于现代文学研究工作的回顾和现状》,《王瑶全集》卷五,河北教育出版社,2000年。

接关系上也更接近后者。①

也就是说,对当代文学学科性质的重建,是建立在对现代文学学科性质重建的基础之上的,这两者基本上是一种同构的关系。没有对现代文学学科的"五四性质"和"启蒙意义"的重新确认,就不可能把当代文学从"社会主义性质"中"抽离"出来,而这两个学科的重建则统一于80年代"重写文学史"思潮的实践中。

80年代"重写文学史"思潮不仅深刻改变了中国现当代文学史的面目,同时也直接影响到80年代的文学批评和文学创作。对于严家炎来说,对"新感觉派"的发现和重评与80年代初对"现代派文学"的讨论密切相关;在"二十世纪中国文学"中,"寻根文学"的兴起实际上为"二十世纪中国文学"所谓的"文化角度"提供了创作上的支持,而反过来,"文化角度"作为一个区别于"政治角度"的文学史评价标准也为"寻根文学"的勃兴提供了合法性的话语资源。

---

① 温儒敏、李宪瑜、贺桂梅、姜涛等:《中国现当代文学学科概要》,北京大学出版社,2005年,第155页。

在上海的"重写文学史"中,对"审美原则"和"文学形式"的强调进一步挣脱了"重大题材""重大主题"的限制,把作家作品的主体地位凸显,并在一定程度上与当时的"新潮批评"和"新潮文学"形成互动,以至于王晓明在21世纪初反思文学丧失社会性的时候认为"'重写文学史'应该负有一定的责任"①。

实际上,在80年代的语境中,文学史研究、文学批评和文学创作是紧密联系在一起的,它们都有一个共同的指向,那就是,如何在一个意识形态发生重大"分裂"而政权又保持着连续性的环境中开辟尽可能广阔的言说空间。在这个意义上,80年代的"重写文学史"思潮更是一个系统的社会文化工程的一部分,它是80年代众多的应对"文革"后严重的文化危机的社会话语之一种,与同时期的政治学话语、美学话语、哲学话语等人文社科话语一起,构成重建文化主体和意识形态正当性的力量之一。因此不可避免地,"重写文学史"思潮必然和80年代的各种社会文化思潮(话

---

① 王晓明、杨庆祥:《历史视野中的"重写文学史"——王晓明答杨庆祥问》,见附录2。

语)纠缠在一起,无论是80年代初的重评与"拨乱反正""平反冤假错案"的密切关系,"二十世纪中国文学"与"文化热""现代化话语"之间的纠缠,还是上海的"重写文学史"与城市改革以及80年代末激进的解构思潮之间的隐秘关联,我们都可以看出,"重写文学史"思潮既是80年代社会历史语境的具体产物,受到各种力量的制约和改写,另外一方面,作为这些力量的重要组成部分,它又以特殊的话语方式和实践方式参与并改写着80年代的文化面貌,并在此过程中凸显一类文学知识分子的历史主体意识。因此,综合上述的各种情况,可以将80年代"重写文学史"思潮界定如下:在80年代"思想解放"和"新启蒙"的历史语境中,一类知识分子借助现当代文学学科话语,重建文学史的主体性,参与80年代现代化文学叙事和现代化意识形态建构的社会文化思潮。这一界定主要出于以下考虑:第一,"重写文学史"思潮的整体性,它在纵向上由80年代初的重评、80年代中期的"二十世纪中国文学"和"整体观"、80年代末上海的"重写文学史"等事件组成,横向上与当时各种社会文化思潮如"拨乱反正""文化热""美学热"等发生紧密联系,是一种多面向、立体交叉的社会文化思潮;第二,"重写文学史"的主体性,"重写文学史"是一个拥有特殊主体的话语事件,它虽然借助了80年代普遍的大写的"人"的主体性话语,实际上却是一类知识分子参与历史的一种实践行为;第三,最重要的是,这一切界定都指向一点,那就是"重写文学史"的历史性,它只可能是在具体的历史时空中应对具体的历史问题而发生的文化实践行为,而不是一个普遍性、知识性的理论话语的演绎。

三

目前学术界对于80年代"重写文学史"的研究绝大部分集中在学科史的梳理层面。其中比较有代表性的是温儒敏、李宪瑜、贺桂梅、姜涛主编的《中国现当代文学学科概要》一书,这本书的定位是"从学科评论的高度,回顾现当代文学作为一个专门的研究领域,其发生发展的历史、现状、热点、难点以及前沿性的课题"[①]。该著作的第九章《现

---

① 温儒敏、李宪瑜、贺桂梅、姜涛等:《中国现当代文学学科概要》,北京大学出版社,2005年,第1页。

代文学作为80年代的"显学"》和第十章《"重写文学史"和90年代的学术进展》中分别研究了80年代初的"重评"、"二十世纪中国文学"、新文学的"整体观"以及上海的"重写文学史"事件。对这些事件的梳理始终被置于学科的发展框架中,并被划分为四个阶段:"80年代初的拨乱反正,学科复元;1983年学科重建;80年代中期学科进一步超越意识形态的制约;80年代后期进入自觉调整时期,自主性进一步增强。"①最近出版的《文学史话语权威的确立与发展——"中国当代文学史"史学研究》②基本上沿袭了这种思路,不过是把在《中国现当代文学学科概论》中篇幅较少的"当代文学学科"部分进一步放大和加强了。在该著作的第三章《中国当代文学史史学观念的建构》中,"二十世纪中国文学"和上海的"重写文学史"事件被论述为当代文学学科内建构新的文学史观念的重要阶段。

需要指出的是,这种学科史的研究方式并不是天然的,

---

① 温儒敏、李宪瑜、贺桂梅、姜涛等:《中国现当代文学学科概要》,北京大学出版社,2005年,第108页。

② 王春荣、吴玉杰主编:《文学史话语权威的确立与发展——"中国当代文学史"史学研究》,辽宁人民出版社,2007年。

它是80年代末社会政治动荡和90年代以来学科话语勃兴的结果之一。把"重写文学史"思潮纳入学科框架内讨论,一方面是学科话语发展的需要,另外一方面也是进一步"去政治化"和"意识形态化"的需要。这种研究方式进一步强化了"重写文学史"思潮的学科话语的属性,从学科史的角度来说固然是一种有效的梳理,但是同时遮蔽了"重写文学史"思潮作为社会文化思潮之一的部分历史属性和意识形态性,忽略了"重写文学史"思潮在80年代所具有的开放性和文化实践性。另外,虽然这种研究试图借助学科史框架把80年代的诸多"重写"实践贯穿起来,但是没有达到"整体性"研究的效果,因为这种贯穿仅仅是按照时间上的先后进行一种简单排列,忽视了"重写文学史"思潮并不是一个线性矢量运行的过程,而是充满着差异和变化的动态发展。更重要的是,这种学科史的研究最终造成的后果是把80年代"重写文学史思潮"中确立的一系列观念如"文学性""审美性""文学自主"等理解为一种普遍的知识形态,忽视了作为一个拥有主体的"重写"思潮所具有的历史建构性和各自所针对的问题意识。

很明显,仅仅从学科史的角度去研究"重写文学史"思潮是不够的,比如旷新年《"重写文学史"的终结与中国现代文学研究的转型》①一文,就试图从"左翼"立场对"重写文学史"的"资产阶级叙事"的"本质"予以拆解和质疑。虽然这种否定式的进入问题的方式带有更多批评的色彩,但对于拓宽"重写文学史"的研究思路仍有一定的启发性。台湾学者龚鹏程的《"二十世纪中国文学"概念之解析》一文亦是从文学政治学的角度梳理"重写文学史"的政治指向。② 即使在《中国现当代文学学科概要》中,也有不同的研究视野在试图冲破统一的学科话语的束缚。由贺桂梅执笔撰写的第十一章《当代文学的历史叙述和学科发展》虽然以"当代文学学科"为讨论对象,却以很大的篇幅讨论了"80年代重写文学史"思潮与当代文学学科建制之间的复杂关系,更重要的是,贺桂梅试图历史地演绎"重写文学史思潮"与80年代的文化语境之间的复杂话语关系。实际

---

① 旷新年:《"重写文学史"的终结与中国现代文学研究的转型》,《南方文坛》2003年第1期。

② 龚鹏程:《"二十世纪中国文学"概念之解析》,陈国球编:《中国文学史的省思》,三联书店香港有限公司,1993年。

上,贺桂梅近年来就"重写文学史"发表了一系列论述,主要有专著《人文学的想象力》①中的第三章《"重写文学史思潮"与新文学史范式的变迁》,专著《在历史与现实之间》②中的《"现代""当代"与"五四"——新文学史写作范式的变迁》,以及《重读"二十世纪中国文学"》③等。在这些文章中,贺桂梅沿袭了她的博士论文中的某种整体性的视野,一方面考察80年代"重写文学史"思潮与80年代中国现当代文学学科的建构之间的关系,另外一方面试图把这种考察放置在80年代至90年代的历史文化语境中,辩驳"重写文学史"思潮本身的话语构成方式。"80年代中期,'二十世纪中国文学''新文学整体观'和80年代后期的'重写文学史'活动,则将这一趋势中蕴含的因素凝结为文学史的具体理论形态。这是80年代的文学观念、历史态度和文化

---

① 贺桂梅:《人文学的想象力——当代中国思想文化与文学问题》,河南大学出版社,2005年。
② 贺桂梅:《在历史与现实之间》,山东文艺出版社,2008年。
③ 贺桂梅:《重读"20世纪中国文学"》,《当代作家评论》2008年第4期。

取向的一次系统的呈现。"①并追问:"在'二十世纪'作为一种物理时间已经终结的今天,在'中国'已然置身于'世界市场'和世界格局当中,并且由于世纪末发生的全球/中国诸多历史事件而被称为'历史终结'的今天,同时也是在中国按照现代化理论被认为进入了'起飞'/'崛起'阶段,而'文学'逐渐丧失其在民族-国家机器中的特权地位并被'边缘化'的今天,我们在如何理解'二十世纪''中国'和'文学'?"②贺桂梅的研究具有很强的后发的知识优势和理论穿透力,尤其是《重读"20世纪中国文学"》显示了大文化研究的学术视野,可以说是目前对"重写文学史"思潮最有推进力的研究成果之一。但是需要指出的是,就历史研究来说,贺桂梅的研究理论建构和辩驳的色彩过浓,缺乏对历史细部的辨析,也就是说对于"重写文学史思潮"的生成过程实际上只是止于粗线条的梳理,这导致她的很多判断虽然犀利干脆,但过于"知识化",似乎缺少必要的"现场

---

① 贺桂梅:《人文学的想象力》,河南大学出版社,2005年,第54页。
② 贺桂梅:《重读"20世纪中国文学"》,《当代作家评论》2008年第4期。

感"和历史的"同情的理解"。而且,在学科话语和社会思潮之间,贺桂梅的研究似乎还缺少一个对话的框架和通道,因此也在一定程度上遮蔽了"重写文学史"思潮由于参与主体、发生时空的不同而产生的差异和分歧。

四

在我看来,要想重新激活并拓展80年代"重写文学史"思潮的研究空间,就必须突破"学科话语"的局限,把"重写文学史"纳入"历史化"的考察视野,并深入辨析"重写文学史"的"历史性"的发生、发展和建构。以下几个途径或许能为这种研究提供一定的思路:

(一)从整体性的角度考察80年代"重写文学史"思潮与80年代的历史语境之间的多重关系。正如我在第三节中所言,我把80年代的"重写文学史"思潮理解为一种应对文化危机的历史事件,这一历史事件只有在具体的"时间"和"空间"里才具有历史意义,比如"重写文学史"为什么从北京转移到了上海?这种空间转换意味着什么?城市改革、新潮文学话语与"重写文学史"有何关联?历史性

"不只是指过往经验、意识的积累,也指时间和场域、记忆和遗忘、官能和知识、权力和叙述种种资源的排比可能性"①。只有回到历史的现场,把"重写文学史思潮"放到当时的历史中考察它的运行方式和轨迹,发现话语的变迁史和具体的行为实践之间的关联,"不要急于探求普遍性的东西,而应以更客观化、相对化的方式,在与具体时代和状况的关联中加以思考,普遍性的东西自然会在其中清楚地现形的"②。

(二)考察不同的社会文化话语与"重写文学史"话语之间的复杂关系。正如福柯所言:"我在《词与物》中从不言而喻的非连续性出发,试图问自己这样一个问题:这种非连续性是一种真正的非连续性吗?或者,说得更确切一点,需要经历怎样的转型,才能使一种类型的知识发展为另一种类型的知识?就我而言,这根本不是在强调历史的非连

---

① 王德威:《"海外中国现代文学研究译丛"总序》,[美]王斑:《历史的崇高形象——二十世纪中国的美学与政治》,孟祥春译,上海三联书店,2008年,第7页。
② [日]丸山升:《回想——中国,鲁迅五十年》,王俊文译,《鲁迅研究月刊》2007年第2期。

续性。恰恰相反,这是把历史的非连续性作为一个疑问提出来,并力图解决这个问题。"①因此,考察其他的社会文化话语(政治话语、美学话语等等)如何进入"重写文学史"话语并最终成为"重写文学史"话语的一分子,这之间发生了何种转换和位移,将深化"重写文学史"思潮的历史属性。尤其是对"现代化""审美原则""主体性"等"重写文学史"思潮的"关键词"在"话语旅行"中的连续性和非连续性的考量,将是有趣且有难度的问题。

（三）还可以分析"重写文学史"思潮参与主体的知识构成、行为实践和美学旨趣。在既往的研究中,对"重写文学史"思潮参与主体的考察相对而言是比较模糊的,这种模糊性来自80年代对"大写主体"的一种盲目的信任,而忽视了主体作为一种历史建构物的特殊性,"主体是在被奴役和支配中建立起来的……建立在一系列的特定文化氛围中的规则、样式和虚构的基础之上"②。虽然我并不认为

---

① 包亚明主编:《权力的眼睛——福柯访谈录》,严锋译,上海人民出版社,1997年,第26页。
② 包亚明主编:《权力的眼睛——福柯访谈录》,严锋译,上海人民出版社,1997年,第19页。

"重写文学史"思潮的参与主体完全没有独立性和自主性,但是,这种"自主性"自何而来?与何种文化"成规"和话语规范发生了何种关系?对"重写文学史"的状貌施加了何种影响?对参与主体的细部考量,或许能够见出"重写文学史"思潮内部的差异和分离,并将进一步折射出80年代"主体"建构的多重性。

总之,在一种综合的、整体的方法和视野中对"重写文学史"思潮进行"历史化"的研究势在必行,唯其如此,才能驱除附着在"重写文学史"思潮上面的强大的"学科意识"和"专业主义"倾向,从而把"重写文学史"思潮重新置于80年代中国的社会文化思潮、意识形态和知识分子话语之间的复杂互动关系格局中,进而对现有的中国现当代文学史学科话语和文学史叙事观念进行有力量的反省。

审美原则、叙事体式和文学史的"权力"

——再谈"重写文学史"

一、从北京到上海:"重写"重心的转移

虽然"重写文学史"的正式提出是在1988年的上海,但是无论是当时的倡导者还是后来的研究者都认为"重写"的开端实际上是在更早些时候的北京。"今年8月,我和陈思和一起去镜泊湖参加一个中国文学史的讨论会,不少同行一见面就说,'你们那个专栏开了个好头,可一定要坚持下去啊',听着朋友们的热情鼓励,我不由得想起了3年前的暮春季节,在北京万寿寺召开的中国现代文学创新座谈会。倘说在今天'重写文学史'的努力已经汇成了一股相当有力的潮流,这股潮流的源头,却是在那个座谈会上初步

形成的。正是在那个会议上,我们第一次看清了打破文学史研究的既成格局的重要意义,也正是在那个充当会场的大殿里,陈平原第一次宣读了他和钱理群、黄子平酝酿已久的关于'20世纪中国文学'的基本设想。"①另外一位批评家的回忆文章说道:"当时,又正值北大的几个年轻同行,在《读书》杂志上发表了有关二十世纪文学史的一些看法。王晓明认为我们上海也可以做个相应的表示。"②在这里,1985年"二十世纪文学"的提出被视为"重写文学史"的一个重要源头。而在另外的研究者看来,这一源头实际上可以被追溯得更远一些,"也可以这么说,整个80年代的新文学研究都构成一种重写文学史的思潮"。"这种重写历史的思潮不仅仅局限于文学界,在整个思想界都同样发生了。"③无论是从大的"重写语境"还是从文学界"二十世纪

---

① 陈思和、王晓明:《重写文学史》专栏之"主持人的话",《上海文论》1988年第6期。

② 李劼:《上海八十年代文化风景》之《有关人文精神讨论及其他"合作"旧事》,这是李劼2003年写于美国纽约的长篇回忆文章,国内各大网站均有转载。来自"左安会馆"http://www.eduww.com/bbs/。

③ 贺桂梅:《人文学的想象力——当代中国思想文化与文学问题》第三章《"重写文学史"思潮与新文学史范式的变迁》,河南大学出版社,2005年,第59页。

文学"设想的提出,我们似乎可以得出一个判断,上海的"重写文学史"似乎是对发端于北京的"重写"思潮的应和和延续。那么,这里一个很有意思的问题是,为什么北京的"重写"思潮没有继续深入讨论下去,而是转移到上海形成了一个小小的高潮?而且我们可以进一步追问,从北京到上海的这种空间上的位移是否意味着"重写"的重心、内涵发生了一些微妙的变化?

首先来讨论第一个问题,"重写文学史"为何从北京转移到了上海。这个问题让我想起了一个类似的问题,那就是,"现代派文学"的讨论和发展也经历了同样的过程,在程光炜和李陀 2007 年的一次对话中就提到[①],80 年代初北京关于"现代派文学"的讨论是非常热烈的,但是 1985 年以后"现代派文学"的重要作品、作家、批评家没有在北京出现,而是集中出现在上海了。这种空间位置上的转移是一种巧合吗?虽然其中存在着一些很偶然的不可考查的因素,但有一些历史"痕迹"可以解释这种现象。我们知道,

---

① 李陀和程光炜于 2007 年 8 月在北京万圣书园的一次谈话,笔者在场。谈话内容部分可见于笔者与李陀的对话录,暂未刊发。

1985年以后，上海的文化氛围实际上比北京要宽松一些，这一方面是因为上海作为一个开埠比较早的现代都市，它本身就比作为政治中心的北京更具有开放性；另外一方面，根据李陀的观点，当时上海的一批文化人如巴金、茹志鹃、王西彦、李子云等观念比较新，对于新的文化现象都持一种开明保护的态度。我们会发现一个有趣的现象，就是提倡"重写文学史"的《上海文论》和"先锋文学"的重镇《上海文学》之间的关系非常密切，从某种意义上讲它们是当时上海文坛重要的"两翼"（作品和理论），这两家杂志的编辑人员和作者群体也有着惊人的重复。从这些方面来看，"现代派文学"和"重写文学史"的空间转移就具有某种历史的必然性，这是从文化政治方面来考虑的。如果从当时文学的"内部发展"来看，就会发现这两个文学"运动"之间有着更为内在的联系。我们知道，"先锋小说"当时一个重要的特征就是强调文学本身的"独立性"和"自足性"，强调批评观念上的"审美"原则和"文本主义"。陈思和、王晓明虽然比吴亮、程德培等人对"先锋小说"的态度更加谨慎，但同属于上海"先锋批评"的圈内人①,不可能不受到影响。而且,在"重写文学史"中起到不可或缺作用的李劼是当时最活跃的先锋批评家之一。因此,"先锋小说"的写作观念和批评方法实际上对"重写文学史"影响甚大,这正是我们要讨论的第二个问题,从北京到上海的位移不仅仅是一种空间上的转换,而且在这种转换中"重写文学史"的重心和内涵都发生了一些微妙的变化。

具体来说,"重写文学史"经历了从"材料的收集整理"到寻找"重写"的理论框架和方法论问题。在陈思和看来,"重写文学史的提出,并不是随意想象的结果,近十年中国现代文学的研究确实走到了这一步。我们不妨回顾一下这门学科的发展轨迹。'文革'前的 17 年且不去谈,自 1978 年到 1985 年,这门学科的主要工作是资料的发现、整理以及重新评价"。在陈思和看来,资料的发现、整理方面所做

---

① 根据李劼的描述:"作为《上海文学》的主持者,周介人周围正在聚集起一大批青年评论家,从而成了后来所谓的上海青年评论群体的核心人物。周介人周围这些人,——说来可是张很长的名单。择要而言,大概有这么些人物:吴亮、程德培、蔡翔、许子东、王晓明、陈思和、毛时安。"

的工作比较成功,"一批现代文学研究工作者在理论整合和材料整理上都做了大量工作。……有了《中国现代文学史资料汇编》和《中国当代文学研究资料》两种大型丛书"①。在贺桂梅看来,"这种侧重于拾遗补阙的现代文学观,成为80年代突破既有文学史模式以重写文学史的先声"②,但是,与这些"奠基性工作"同时进行的"重新评价"却不尽如人意,主要问题是"局部研究大于整体研究,说好话,谈积极性的方面多,谈局限性的方面少","这也导致文学批评中感情因素超越于审美因素"。③ 也就是说,在1978年到1985年,虽然对于"现代文学史"应该研究"什么"(写什么)已经比较明确了,但是,在具体的研究方法上,也就是"怎么写"的问题上还没有取得让人满意的突破,这成了当时文学研究者主要面临的一个难题。北京的学者显然已经意识到了这个问题,在黄子平看来,"用材料的丰富能不

---

① 陈思和:《关于"重写文学史"》,《笔走龙蛇》,山东友谊出版社,1997年,第110—111页,。

② 贺桂梅:《人文学的想象力——当代中国思想文化与文学问题》,河南大学出版社,2005年,第65页。

③ 陈思和:《关于"重写文学史"》,《笔走龙蛇》,山东友谊出版社,1997年。

能补救理论的困乏呢？如果涉及的是换剧本的问题，那么只是换演员、描布景、加音乐，恐怕都无济于事"①。正是因为要从整体上"换掉"现代文学史研究的旧框架这个"老剧本"，所以，在钱理群等人的"二十世纪文学"的提法里面，一个核心问题就是"涉及建立新的理论模式的问题"。在陈平原看来，"我们所要强调的是文学史研究上的一个方法问题，即从宏观角度去研究微观作品。……很多重要的作品，需要放到新的概念中去细细地重新读几遍，一定能有一些新的'发现'"②，可能是出于这方面的考虑，他们提出了"二十世纪文学"这一理论框架，并试图从"文化角度"去重新整合二十世纪文学史。但是，正如当时的研究者所指出的，"文化的角度"固然可以从一定程度上矫正此前文

---

① 陈平原、黄子平、钱理群：《关于"二十世纪中国文学"的对话》，原载《读书》1986年第6期，收入《二十世纪中国文学三人谈·漫说文化》，北京大学出版社，2004年。

② 钱理群、黄子平、陈平原：《关于"二十世纪中国文学"的对话》，《二十世纪中国文学三人谈·漫说文化》，北京大学出版社，2004年，第88页。

学史的"政治性",但是因为过于宽泛而显得不易操作。①相对而言,陈思和等人提出的一系列原则如"审美性""个性化的研究"等则显得比较清晰和有"颠覆性",也更具有实际操作性。从这个意义上说,从北京到上海的位移同时也意味着"文学史"的"重写"在理论模式和研究方法上的"突破"。当然,我并不是在"进化论"的意义上来谈论从北京到上海的转移,恰恰是,上海的"重写文学史"与北京的"重写/重评"之间有着非常复杂的内在联系,可以说是处于一系列的连续和非连续的纠缠之中,这是我们下面要重点讨论的问题。

二、"审美原则"与文学史学科的"专业化"

贺桂梅曾经在一篇文章中把李泽厚的《启蒙与救亡的双重变奏》视为新时期历史"重评"的先声和纲领性文献。②

---

① 钱理群、黄子平、陈平原:《关于"二十世纪中国文学"的两次座谈》,《二十世纪中国文学三人谈·漫说文化》,北京大学出版社,2004年,第96页。

② 贺桂梅:《人文学的想象力——当代中国思想文化与文学问题》,河南大学出版社,2005年,第59页。

她的这一判断是否准确我们暂且不去管它,不过她提醒了我们,"'文革'结束后现、当代文学的学科建制和文学史叙述,并非简单地延续了1950至1960年代的模式,而是试图以类似于启蒙/救亡论的方式,完成新一轮的改写"①。有意思的是,具体到"重写文学史"方面,李泽厚也不甘落人之后,他在1986年写出了长文《二十世纪中国(大陆)文艺一瞥》。在这篇文章中,他以启蒙主义的立场,从"思想史的角度而并非从文艺史或美学角度来看中国现代文艺……便只是通过文艺创作者的心态,以观察所展现的近现代中国所经历的思想的逻辑"②。毋庸置疑,这种"写作"的出发点只能是把"文学史"作为"思想史"的"注脚",成为知识分子"心态史"的一个简单比附。正是在这个意义上,这篇文章遭到了李劼的强烈批评,认为"他把文学史硬塞进思想史的框架从而搅混了思想史的同时也消灭了文学史"③。

---

① 贺桂梅:《人文学的想象力——当代中国思想文化与文学问题》,河南大学出版社,2005年,第61页。
② 李泽厚:《二十世纪中国(大陆)文艺一瞥》,《中国思想史论》(下),安徽文艺出版社,1999年,第1033页。
③ 李劼、黄子平:《文学史框架及其他》,《北京文学》1988年第7期。

这种指责今天看来有些夸大其词,但是,李劼在当时确实一针见血地指出了李泽厚的"文学态度","从文学的角度说,他认同了传统的文以载道;从哲学的角度说,他依然是一个黑格尔主义者"。对于李劼咄咄逼人的指责,李泽厚没有做出正面回应,我想他可能是有些不以为然吧。在他的文章的结尾,他已经有了非常鲜明的态度:

> 从文艺史看,则经常有这样一种现象:一些作品是以其艺术性审美性,装修人类心灵千百年;另一些则以其思想性鼓动性,在当代及后世起重要的社会作用。那么,怎么办?追求审美流传因而追求创作永垂不朽的"小"作品呢?还是面对现实写写尽管粗拙却当下能震撼人心的现实作品呢?……如果不能两全,如何选择呢?……选择审美并不劣于或低于选择其他,"为艺术而艺术"不劣于或低于"为人生而艺术",但是,反之亦然。世界、人生、文艺的去向本来就应该是多元的。

如果是我,大概会选择后者。这大概因为我从来不想当不朽的人,写不朽的作品,不想去拿奖金、金牌,只要我的作品有益于当下的人们,那就足够使我欢喜了。所以在文学(不是文艺)爱好上,我也更喜欢现实主义,容易看,又并不失其深刻。

李泽厚的这一段话是作为"展望未来中国文学"的意思来说的,但是在我看来,他在历数中国现代文艺的种种"功过"之后说出这么一段坦诚之言,却带有更多的总结的意思。他认识到了评价、研究、书写中国现代文学史的两难困境,究竟是用审美性的原则,还是思想性的原则?他可能意识到了一点,任何一个原则都可能会带来一段不完整和不真实的历史叙述。

同样的困惑也存在于"二十世纪文学"的倡导者身上,虽然他们一再强调,"二十世纪中国文学这一概念首先意味着文学史从社会政治史的简单比附中独立出来,意味着把文学自身发生发展的阶段完整性作为独立的研究对象"①,但是,在随后的讨论中,立即就有学者非常敏锐地指出了其中的"含糊"之处:"把研究的立足点从'政治'深入到'文化',过去争论不休的一些问题变得不甚重要了。但在具体论述中,可能会碰到不少困难。强调文学的独立性,努力把文学史从政治史的附庸中解放出来,这一点文章贯彻得很好。关于现、当代文学要不要分家可以讨论。1949年以后文学基本上是30年代革命文学的发展,可是1949年这条线仍然很重要,起码文学的领导方式变了,这一点对'十七年'文学影响很大。'文化大革命'文学则是1949年以后主流文学的极端发展。""当然,舍弃了一些不该舍弃的东西,比如,30年代左翼文学就没有很好地概括进去。"②"另外,你们很少讲文学与时代的关系,连一战二战这样的

---

① 钱理群、黄子平、陈平原:《论"二十世纪中国文学"》,原载《文学评论》1985年第5期,收入《二十世纪中国文学三人谈·漫说文化》,北京大学出版社,2004年。

② 洪子诚在"关于'二十世纪中国文学'的两次座谈"上的发言,时间是1986年7月,收入《二十世纪中国文学三人谈·漫说文化》,北京大学出版社,2004年,第96页。

大事似乎都跟文学毫无关系。"①如何把"革命文学""十七年文学""文革文学"整合进"二十世纪文学",如何处理文学与时代,文学与意识形态的关系,这成为当时"重写文学史"的一个学术"瓶颈",正如黄子平所矛盾的:"我们怎样才能又保持住'作品'(审美与语言)又不丧失'世界'与'历史'呢?"②

从这些学者的思考和困惑中,我们可以看出 1980 年代知识范型的一个本质特点,这就是汪晖指出的,"中国现代性话语的主要特征之一,就是诉诸'中国/西方''传统/现代'的二元对立的语式来对中国问题进行分析"③。具体到我们所讨论的文学史问题,则二元对立的语式就变成了"审美性/历史性""艺术性/思想性""形式语言/思想内容"

---

① 孙玉石在"关于'二十世纪中国文学'的两次座谈"上的发言,时间是 1986 年 7 月,收入《二十世纪中国文学三人谈·漫说文化》,北京大学出版社,2004 年,第 98 页。

② 李劼、黄子平:《文学史框架及其他》,《北京文学》1988 年第 7 期。

③ 汪晖:《当代中国的思想状况与现代性问题》,原载《天涯》1997 年第 5 期,收入许纪霖编《二十世纪中国思想史论》,东方出版中心 2000 年,第 617 页。

等问题上。在1980年代的学者看来,这两者基本上是不可以并存的,只能是"二者取其一",正是从这样一种非此即彼的问题意识和知识理念出发,"重写"就只可能采用如程光炜所言的"概念分离"[①]的方法来确认文学的"自主性"。这种"分离"在上海学者对"二十世纪文学"这一概念的辩驳和最终的舍弃中可以清楚地看出来。

在1988年,李劼和黄子平就当时的文学史研究现状有一个对话,正是在这个对话中,李劼质疑了北京学者"二十世纪文学"这一提法,在他看来,"二十世纪文学"这一概念至少有两个方面的含义:第一是特殊性含义,"二十世纪文学"是指世界范围内的一种文化主潮,这一文化主潮就是"现代主义文学";第二是普遍性含义,那就是发生在这一时段的整个世界文学的总和。在特殊性含义上,李劼认为"中国现代文学在一段很长的时间内,是不属于二十世纪文学意义上的世界文学的"。因此,"凡是不具备二十世纪文学特征的文学现象,都是被省略的,诸如'两结合''三突

---

① 程光炜:《历史重释与"当代"文学》,《文艺争鸣》2007年第7期。

出'之类"①。在普遍性意义上,"假如我们以二十世纪文学作为背景性的参照来描述中国现代文学史,那么,情形就完全不同了,因此,在这里,'两结合''三突出'之类不仅不能省略,而且还构成了一段文学主潮。不管这种主潮的文学性有多少,但遗憾的是,它们就是历史"②。很明显,李劼在这里同样陷入了二元对立和非此即彼的思维模式中,但是他很快就从操作的意义上进行了"剥离","认为,不要企图建立包罗万象的文学史,选取一个维度就能获得一部历史。……可是既然诉诸行动,就应该摆脱无休止的深思熟虑。哈姆雷特什么都不缺,就缺把利剑刺向国王的力量"③。李劼的这番话其实回答了上文中提到的黄子平的疑问,在"审美"和"历史"之间,他选择了"审美"这个维度,同时也放弃了"二十世纪文学"这个概念。几乎同时,在

---

① 李劼、黄子平:《文学史框架及其他》,《北京文学》1988年第7期。
② 李劼、黄子平:《文学史框架及其他》,《北京文学》1988年第7期。
③ 李劼、黄子平:《文学史框架及其他》,《北京文学》1988年第7期。

《重写文学史》专栏的发刊词中,陈思和和王晓明开篇声明的就是"审美原则":"重写文学史……它绝非仅仅是单纯编年式的史的材料罗列,也饱含了审美层次上的对文学作品的阐发批评。"①后来又不断强调"本专栏反思的对象,是长期以来支配我们文学史研究的一种流行观点,即那种仅仅以庸俗社会学和狭隘的而非广义的政治标准来衡量一切文学现象,并以此来代替或排斥艺术审美评论的史论观"②。虽然他们也同样提到了"历史的审美的"研究方式,但是,"历史"在此不过是"虚晃一枪",其重心还是落在"审美"上面,正如贺桂梅所言:"在历史的和美学的标准之间,重写文学史的倡导者似乎更倾向于美学标准并对历史主义的提法表示了怀疑",并进而认为"这一观点,也正是文学界倡导的'文学自觉''回到文学自身'等文学本体论观念在文学史研究中的反应"③。

---

① 陈思和、王晓明:《重写文学史》专栏发刊词,《上海文论》1988年第4期。
② 陈思和、王晓明:《主持人的话》,《上海文论》1989年第5期。
③ 贺桂梅:《人文学的想象力——当代中国思想文化与文学问题》,河南大学出版社,2005年,第66页。

我在此用如此长的篇幅来论述从李泽厚到陈思和等人对现当代文学史研究理论模式的探索过程,是为了说明一个事实,那就是,"重写文学史"最终以"审美原则"作为它的标准和方法论,并不是一个"偶然"的选择,而是带有某种"历史的必然性"。一方面,它是"当代文学"全部历史生成的结果,如李杨所言,没有"十七年文学"与"'文革'文学",何来1980年代文学?[①] 也就是说,没有"十七年文学""'文革'文学"对"语言""形式"的过度"排斥",也就没有1980年代文学对"纯文学",对"审美主义"的极端追捧;另一方面,它是1980年代话语方式生成的产物,可以说,只有在1980年代那种二元对立的话语模式中,"审美原则"才会成为一种"片面"但是又"深刻"的理论方法得到研究者的青睐,当然,这种选择中不可避免地带有"文学策略"的意味。作为现代化话语的内在要求之一,"审美性"原则对于现当代文学史研究的专业化起到了一定的积极作用,正是在"审美原则"下,现当代文学史才在一定程度上摆脱"革

---

① 李杨:《没有"十七年文学"与"'文革'文学",何来"新时期文学"?》,《文学评论》2001年第2期。

命史""思想史""社会史"的模式,重塑了一个新的"现当代文学"。因此选择"审美原则"作为文学史研究的理论模式,在一定的时段内有它的合理性和进步意义。

不可否认,"审美原则"其实是另一种意义上的文学政治学。2003年,有一位学者因此对"重写文学史"进行了猛烈的抨击:"'二十世纪中国文学'的提出是要把一个资产阶级现代性的叙事硬套在中国现代的历史发展上,用资产阶级现代性来驯服中国现代历史,这种文学史的故事具有明显的意识形态的预设和虚构性。"[1]这种观点确实指出了"重写文学史"在意识形态和方法论上的"偏颇",但是这种情绪化的颠覆并不有助于问题的深入。在我看来,对这一问题进行反思是必要的,但不能再次采用简单的二元对立的思维方法,用资产阶级美学/社会主义美学等很宏观的概念来进行区分,这样可能会把问题再度简单化。在我看来,"重写文学史"毫无疑问有其意识形态性,关键是,它是如何通过一种"去意识形态"的姿态来重构新的意识形态的。

---

[1] 旷新年:《"重写文学史"的终结与中国现代文学研究转型》,《南方文坛》2003年第1期。

无疑,"审美原则"是其一个重要的手段。因此,对于"重写文学史"来说,更需要反思的问题可能是"审美性"这一概念在理论上的"偏移"。

我们知道,在李泽厚的美学谱系中,"美的本质是和人的本质密不可分的","美的本质被界定为真与善、感性与理性、合规律与合目的性……的统一"①,"美"不可能独立于历史、社会和意识形态而存在。但是,在"重写文学史"倡导者的知识谱系中,"审美性"的历史和社会内涵在很大程度上被抽空,被完全等同于"新批评"所谓的"文学性"(形式和语言),"审美"被大大简化为一个技术性的问题(具体到作品分析中就是"怎么写"的问题),比如王晓明对发表在《上海文论·重写文学史》专栏中的《一份高级形式的社会文件》就评价很高:"《一份高级形式的社会文件》自有突出之处……而是运用现代文学批评理论重新整合出它的意义和局限,并提出一系列启人深思的问题,如:如何把素材转化为结构(即内容)的有机部分?有没有脱离文本

---

① 祝东力:《精神之旅》,中国广播电视出版社,1998年,第88页。

结构的技巧?"①陈思和也持有相同的观点:"因此,对于一个优秀的作家来说,他在文学上所构成的成就,不在于他写什么,更要紧的是他怎么写的,也就是他怎么运用他特殊的艺术感觉和语言能力来表述。"②"如果仅就思想性而言,现代人远比曹雪芹、托尔斯泰、陀思妥耶夫斯基先进许多,但至今仍无一个作家、一部作品称得上比他们更加伟大,其中原因也就在这里。"③这种把"审美性"仅仅简化为"语言能力"和"写作技巧"的技术主义倾向在很大程度上损害了"重写文学史"的"史"的面向,实际上是把文学史仅仅理解为"好"作品和"好"作家的历史,今天看来这是有问题的,正如程光炜所质疑的,"如果说'文学作品'比'文学知识'更能够培养学生的'艺术感受',那么'文学史知识'作为一种历史经验的总结和反省,是否就因此而毫无存在的价

---

① 陈思和、王晓明:《主持人的话》,《上海文论》1989年第3期。
② 陈思和:《关于"重写文学史"》,《笔走龙蛇》,山东友谊出版社,1997年,第117页。
③ 陈思和:《关于"重写文学史"》,《笔走龙蛇》,山东友谊出版社,1997年,第117—118页。

值?"①。在2007年的一篇文章中,陈思和已经清楚地表达了自己对这一问题的反思,他认为他主编的《中国当代文学史教程》只能属于第一种形态的文学史,即优秀文学作品研究,离他认可的"理想的文学史研究"还有相当的距离。②

三、"叙事体式"和历史(文学史)阐释的"尺度"

在《文学史的探索——〈中国文学史的省思〉导言》③这篇文章中,陈国球区分了文学史的两种含义以及由此而产生的两种存在模式:"文学史既指文学在历史轨迹上的发展过程,也指把这个过程记录下来的文学史著作。就第一个意义来说,文学史存在于过去的时空之中;就第二个意义

---

① 程光炜:《历史重释与"当代"文学》,《文艺争鸣》2007年第7期。

② 陈思和:《漫谈文学史理论的探索和创新》,注释4,《文艺争鸣》2007年第9期。陈思和曾在其主编的《中国当代文学史教程》(上海:复旦大学出版社,1999年)的"前言"中谈到文学史的三个理论层次,分别为:优秀文学作品研究、文学史知识考辨、文学精神的探索与表达,并认为最后一个层次是"文学史理想的写作"。

③ 陈国球:《文学史的探索——〈中国文学史的省思〉导言》,《文学史的书写形态与文化政治》,北京大学出版社,2004年,第317页。

而言,文学史以叙事体(narratives)形式具体呈现于我们眼底。"在他看来,文学史的第一个意义只能通过文学史的第二个意义呈现出来,"文学史的常识的传递、扩散都根源于口传或成文的叙事体"。正是在这个意义上,对于各种文学史的"叙事体式"的考察就变成了一个非常重要的问题,因为这种"叙事体式"直接影响到"我们对文学史本体的认识,以及对文学史过程的理解"。

具体到中国当代大陆的历史语境中,占主要地位的"叙事体式"无疑就是教科书式的文学史著作。"当时的情况可能是这样:一个新的国家刚刚诞生,上层建筑及其意识形态都在为巩固政权而展开工作,政治、教育、历史、哲学、法律、文学等社会科学领域都参与了这项工作,即通过各种途径向人们描绘中国革命是怎么走向胜利的,人民共和国是经过了怎样艰苦的斗争建立起来的。现代文学史从这个意义上讲具有教科书的性质,是有鲜明的目的与严格的内容规定的。"①除了这个大的"历史语境"之外,还可能有另外两个原因:第一,从学科建制来看,现代文学史从 1950 年

---

① 陈思和、王晓明:《主持人的话》,《上海文论》1989 年第 6 期。

代起就成为大学中文系的基础课程之一,第一批现代文学史的著作就是第一批中文系的教材。第二,在当代资源控制高度一体化的情况下,教科书式的文学史著作在科研立项、经费保证、出版发行以及"经典化"上面都占有巨大的优势,所以即使不是身在学院的研究者,也愿意把自己的著作写成教科书式的"叙事体式"。在王晓明看来,"这种教科书式的文学史阐述,本身并无可厚非",但是,在当代语境中,由于官方意识形态强大的控制力量,这种教科书式的文学史阐述逐渐畸形发展为以"政治"为第一标准的排斥性"叙事",完全控制了对"文学"(具体来说是现当代文学)进行历史"阐释"的权力。因此,对于"重写文学史"而言,除了要借助一个"审美"的标准来代替"政治"的标准之外,选择一个更有效的区别于教科书式的"叙事体式"也成了一个需要着力解决的问题。

在《上海文论》1988 年第 4 期的《重写文学史》专栏中刊发了王雪瑛的《论丁玲的小说创作》一文,这篇文章得到了王晓明的极力赞赏:

> 这一期发表的《论丁玲的小说创作》,也许会有这

样那样的不足,但它有一点却值得肯定,那就是它的论述和分析当中,你几乎感觉不到过去丁玲研究中的那些"公论"的牵制,作者只是一心一意地在那里诉说自己的感受和理解,她甚至都不想去反驳那些"公论"。我很欣赏这种态度……①

王晓明所欣赏的态度正是一种新的叙事体式,与教科书式的叙事体式相比,这种叙事体式的一个突出特点是,它不再标榜自己是一个"全知全能"的叙事者,也不"力图公正地解释各种历史现象,并负有意识形态指导者的责任"②。它是一种完全"个性化"的叙事,是在诉说"我"的而不是"我们"的"感受和理解"。如此强调"个性化"的叙事体式和"非个性化"的叙事体式,并因此从文学史的功能上把文学史区分为"专家的文学史""教科书式的文学史"

---

① 陈思和、王晓明:《主持人的话》,《上海文论》1988 年第 4 期。
② 陈思和:《一本文学史的构想——插图本 20 世纪中国文学史总序》,《中国文学史的省思》,陈国球编,三联书店(香港)有限公司,1993年。

"普及的文学史"①。其首要目的当然是为了把文学史研究和写作从一种单一的"霸权话语"中解放出来,它的远景指向的是文学史研究的多元化态势。

"个性化叙事体式"在"重写文学史"中至少与两个问题是联系在一起的,首先是叙事者(文学史家)的"主体意识"问题,其次是"历史阐释"的"尺度"问题。在"重写文学史"的倡导者看来,"个性化"的叙事体式与研究者的"主体意识"密切相关,"文学史家面对的是人类精神的符号——语言艺术的成品……因此它不能不是研究者主体精神的渗入和再创造"②。他们甚至提倡写出一部"有偏见的、个人的文学史"。对个人主体精神如此彻底的信任和崇拜再次证明了"重写文学史"所具有的 1980 年代"气质","重写文学史"的叙事主角似乎已经不是"文学"了,而是一个大写的"人"。这个"人"试图通过"审美"构建一个完整的"主体","从而试图更为干净地撇清其与国家/社会等社会组

---

① 陈平原:《二十世纪中国小说史》(第一卷),"卷后语",北京大学出版社,1989 年,第 300 页。
② 陈思和:《关于"重写文学史"》,《笔走龙蛇》,山东友谊出版社,1997 年,第 107 页。

织形态之间的关系"①。从本质上讲,"个性化叙事体式"是1980年代"人学话语"极度膨胀的结果之一,因此,它能否使文学史研究走上"学术化"和"多元化"是值得怀疑的。

实际上,因为对"个人主体意识"的过分强调,"重写文学史"并没有处理好历史阐释的"尺度"问题。以"重写文学史"所极力反对的"文学史公论"问题为例,虽然他们也意识到了仅仅凭借"个人判断"并不能驳倒那些"公论",但另外一方面又强调对这些"公论""的确是忘记得越干净越好"②。且不说学术研究根本不可能在完全断裂的基础上进行,退一步说,难道那些"公论"就完全没有价值吗?《重写文学史》专栏第一次刊发的两篇文章《关于"赵树理方向"的再认识》和《"柳青现象"的启示》就明显有把历史"简单化"的趋向,"赵树理方向"和"柳青现象"中的一些丰富的历史内容,如民间文学与现代文学的关系、问题小说的社会意义、四五十年代作家的身份意识及其与意识形态的

---

① 贺桂梅:《人文学的想象力——中国当代思想文化与文学问题》,河南大学出版社,2005年,第98页。
② 陈思和、王晓明:《主持人的话》,《上海文论》1988年第5期。

复杂纠缠都没有得到很好的清理,作者只是先入为主地以一个想象中的"自由主义"的立场对之进行颠覆式的"批判"。在另外一篇讨论《子夜》的文章里面,相似的处理方式也同样存在:"其实,《子夜》的创作一开始就出了毛病,如茅盾所说的,他写《子夜》就是为了回答托派……可是我们不禁要问,托派争论的是一个社会政治经济发展的问题,本应通过理论争辩去解决,何尝需要一个小说家来凑热闹?再则,《子夜》作为一本现代都市小说,它的对象是市民,这些读者看看老板舞女觉得蛮新鲜,又何尝有兴趣来听你解答社会经济学甚至中国有没有资本主义的大问题?"[①]毫无疑问,这种思考方式过于情绪化,为什么小说家不可以通过作品来回答重大的社会问题呢?难道市民读者就只喜欢看"老板舞女"吗?蒋光慈的小说在当时的"热销"不正好证

---

① 陈思和、王晓明:《主持人的话》,《上海文论》1989年第3期。

明了市民读者的趣味实际上也是很"多元"的吗?① 我提出这些质疑并不是为了指责"重写文学史"的"失误",而是怀疑1980年代这种比较"粗暴"的进入历史的方式,它带来的可能不是历史的"丰富"和"多元",而是"单一"和"遗忘"。

对于"重写文学史"而言,它对历史的这种"叙述"可能是刻意的,当时的研究者们已经意识到了历史阐释中"当代性"和"历史性"的问题,在面对很多批评意见认为"重写文学史"太过于强调"当代性"的时候,他们是这么回答的:"因为人们对历史的认识,总是在发展变化的,人们总是用批判的眼光去看待历史,这本来就符合历史主义。""人处于当代历史环境下的时候,不能不受到此时此地气氛的感染,主观因素可能更强烈一些……在这个意义上,当代性与

---

① 对于读者的趣味问题,普鲁斯特的一段话将有助于我们对问题的理解,"为什么认为要一个电气工人理解你,你就必须写得很坏,还要谈法国大革命?情况恰恰相反。巴黎人喜欢阅读大洋洲游记,有钱的人也喜欢阅读描写俄国矿工生活的书,人民大众同样喜欢阅读书写与他们生活无关的事情的书。再说,为什么要设置这种障碍呢?一个工人很可能喜爱波德莱尔的作品"。见[法]马赛尔·普鲁斯特:《驳圣伯夫》,王道乾译,百花洲文艺出版社,1992年,第227页。

历史性是不矛盾的。"①从普遍的意义上来看,这么解释也是合理的,但是,他们立即强调了"历史主义"所蕴含的"叙事性质","那些我们以为是客观历史的东西,实际上都只是前人对历史的主观理解,那些我们以为是与这'客观历史'相符合的'历史主义意识',实际上也只是前人的'当代意识'而已"。"现在强调历史主义的人们,多半是把从50年代的当代性整合出来的历史认定为'客观历史',认定是不朽的,不允许任何变更,这倒是真正离开历史主义了。"②这种完全把"当代性"和"历史性"等同起来的做法当然是为了强调研究者在面对"历史"时所具有的"自由度",从而为重新"叙述"出一个"现当代文学史"提供合法性支持。但是,让人产生疑惑的是,历史仅仅是一种"叙述"吗?"文学史运行的轨迹"完全是"建构"起来的吗?洪子诚在1990年代的一段话就代表了不同的声音:"强调文学史写作的'叙事性',在文学史研究中还能不能提出'真实性'这样的概念、这一类的问题?对这个问题虽然会感到困惑,但是它

---

① 陈思和、王晓明:《主持人的话》,《上海文论》1989年第6期。
② 陈思和、王晓明:《主持人的话》,《上海文论》1989年第6期。

是没有办法回避的。……我们不能够因为强调历史的'叙事性',而否认文本之外的现实的存在,认为'文本'就是一切,'话语'就是一切,文本之外的现实是我们虚构、想象出来的。即使我们承认'历史'具有'修辞'的性质,我们仍然有必要知道,'哪些事是历史上实际发生过的,它们具有何种程度上的历史确定性'。……在中国的近现代史中,也有一系列的经典事件,一系列的重要历史事件,它们不是文本所构造出来的,不是只存在于文本之中。'这些事实要求我们做出道义上的反应,因为把它们作为事实来陈述,本身就是一种处在道德责任中的行动'(《诠释学、宗教、希望》,第65—66页)。跟外在世界断绝关系的那种'解构式'的理论游戏,有时确实很有趣,很有'穿透力',很犀利;但有时又可能是'道德上无责任感的表现'。对于后面这种情况,是需要我们警惕的。"[1]

---

[1] 洪子诚:《问题与方法》,北京:生活·读书·新知三联书店,2002年,第43、44页。

四、结语:文学史"情结"和文学史"权力"

"审美原则"的确立和"叙事体式"的转变,都指向"重写文学史"一个重要的目的,那就是追求文学场域的"自主性"。我们知道,近一百年来,文学与政治的关系是中国(文学)知识分子一直深陷其中而难以解决的难题,在1980年代末,文学开始以"学术"(文学史)的态度来"拒绝"政治对它的干扰,这不仅促进了文学自身的转变,如纯文学的提出、现代派文学"压倒"现实主义文学,而且,它有意识地调整了(文学)知识分子与现实的有效关系,从某种意义上讲,这意味着在"政统"之外的一次"学统"重建。只是在1980年代"高昂"的情绪中,后者的意识被有意无意地忽略了,到了1990年代,所谓的"岗位意识"和"回到书斋"才开始成为一个主导的话语,实际上它的发生学却可以追溯到1980年代。[①]

在"自主性"这个问题上,布迪厄不同意阿尔都塞

---

① 陈平原在90年代初提出了"学者回到书斋",陈思和提出了"岗位意识",可以视作1980年代学术发展的结果。

(Louis Althusser)把文化领域完全归结为"意识形态国家机器(ideological state apparatus)"以及福柯(Michel Foucault)把所有知识都只看成是"社会规训(discipline)"的外部决定论,而是强调知识文化活动有其自身的"场域",即内部过程,从而对其他"场域"特别是政治和经济场域保持相对的自主性。① 但是,在布迪厄看来,这种"自主性"并不是不与政治和经济发生关系,恰恰相反的是,必须是在对这两者的"双重拒绝"中才可能有"自主性"的生成,"拒绝"是一种更深层的内在联系。我正是在这个意义上来理解1980年代整个中国人文社科领域的去"政治化"趋向,去"政治化"并不是要完全"无政治化",而是要调整和理顺文学与政治、学术与政治之间的关系,因此,我们不能简单地理解1980年代"重写文学史"是对"自主性"的追求,正如布迪厄所指出的:"知识分子是双维的人……他们远非人们通常想象的那样,处于寻求自主(表现了所谓'纯粹的'科学或文学的特点)和寻求政治效用的矛盾之中,而是通过增加

---

① 甘阳:《十年来的知识场域》,引自"当代文化研究网"(http://www.cul-studies.com),原载《二十一世纪》。

他们的自主性(并由此特别增加他们对权力的批评自由),增加他们政治行动的效用……"①

在2005年的一次演讲中,陈平原引用王瑶当年的文章说:"几乎每一位研究中国文学的学者的最后志愿,都是写一部满意的中国文学史。"②陈平原从文学史的发生学的角度解释了产生这种"文学史情结"的原因:"这里涉及晚清以来关于现代民族国家的想象,五四文学革命提倡者的自我确证,以及百年中国知识体系的转化。"③陈思和则从知识分子的身份意识角度对此进行了解释:"文学史研究……它体现了研究者对历史的积极参与,要求重新叙述历史的意义。"④这些都说明了所谓的"文学史情结"实际上与现代以来中国的社会发展、政治演变、意识形态的变迁有

---

① [法]皮埃尔·布迪厄:《艺术的法则》,刘晖译,中央编译出版社,2001年,第396页。
② 陈平原:《重建"现代文学"——在学科建制与民间视野之间》,《人文中国学报》(香港浸会大学主办)第12期,上海古籍出版社,2006年。
③ 陈平原:《"文学史"作为一门学科的建立》,《文学史的形成与建构》,广西教育出版社,1999年,第3、4页。
④ 陈思和:《漫谈文学史理论的探索和创新》,《文艺争鸣》2007年第9期。

着密切的关系,"文学史情结"实际上是对文学史书写历史、阐释历史、参与历史的"权力"的一种"确认"。从这个角度来看,1980年代的"重写"运动不过是漫长的文学史的编撰、书写中的一个阶段,正是通过对文学史/历史的持续的"书写"或者"重写",知识分子以一种独特的方式参与到了中国变革的历史进程中去。

80年代:"历史化"视野中的文学史问题

在一个被指认为具有"世界历史意义"的时刻(2008年)来反思并重新讨论过去30年的中国文学(1978—2008),这一举动本身的意味还有待于它自身的"历史化"。但从学术的角度来观察,这并不是一件突兀的事情,至少在2005年,对"这30年"文学的历史性的考究工作已经展开,这里面既有包括查建英《八十年代访谈录》式的介于"学术"和"畅销书"的方式,也有程光炜倡导并主持的异常细致、全面甚至是有点"野心勃勃"的文学史研究方式,在蔡翔、倪文尖、罗岗的《文学:无能的力量如何可能?——"文学这三十年"三人谈》的对话中并没有提到这些相关的研究,但我毫不怀疑这些研究对他们思考并切入问题的影响。

这之间当然没有多么严格的因果相承的关系,如果有,我理解为在一个变动的历史时空里寻求问题解决之焦虑感,因为方向的不明确和对当下(文学)的不信任,只有把目光投向"历史",就此而言,"这30年"尤其是80年代文学似乎成为沟通现在与过去,沟通文学与社会、历史和政治等"庞然大物"的最佳对象。80年代文学,在今天变成了一个"问题文学"或者说"问题文学史",它在叙述中被反复建构和解构,并隐喻着问题解决的希望。我从这里看到了进一步"对话"的必要性,或者说,蔡翔等人的"对话"激发了我的对话欲望,他们提出的问题和讨论问题的方式在一定程度上构成了另外一些问题,因此,我试图通过对话的对话来补充、质疑和拓展现时代对"80年代文学"的理解,并加深对我自身所处历史时刻的含混性和可能性的同情。

一、"起源"作为一个问题

蔡翔等人的对话中一开始就讨论了"新时期文学起源"这个老话题:

按照现有习惯性的叙述,整个这30年的文学发端于1976年的"四五"天安门诗歌运动——当然,后来的研究还由这个共识上溯到"文革"的地下诗歌和地下写作了,而往下是到《班主任》和《伤痕》。这一路历史叙述在1980年代初的时候,似乎就已变成一个准官方和准文学史官方的叙述了。但是,到了1980年代后期,尤其是1990年代之后,这一种叙述越来越在精英学术界没了市场,大家往往开始强调汪曾祺的意义,强调"今天派"的价值。这一后起的竞争性的叙述看不上前者隶属于主流的政治性,让新时期文学的"头"跳过了整个1960年代、1950年代,而径直接上了1940年代,确乎汪曾祺一个人挑起了现当代文学,接上了1940年代现代主义的轨。而关于"朦胧诗""今天派"的言说,也越来越强化和"白皮书""灰皮书",和西方思潮以及现代主义的脉络关系。

罗岗认为这分别是"政治角度"的起源描述和"文学角度"的起源描述。但是因为急于提出第三种起源描述,所以对这两种"起源叙述"的"起源"并没有深入讨论,这其实是一个更关键的问题。在我看来,"政治角度"的起源描述可以追溯到邓小平的《祝词》,在这样一个描述中,"新时期文学"是社会主义文学内部演绎的历史过程,它的资源是以"延安文学"为代表的"左翼文学"和"十七年文学",其主要的意识形态目的是重建"社会主义新人"。而"文学性"的起源则是一种相对来说后设式的叙述,在80年代的"重写文学史"思潮中,对"文学性"和"审美性"的极端强调要求在文学史中"寻找"或者建构起一个"纯文学"的历史起源,这一源头最终被定位在"白洋淀诗群"和食指那里,从而形成一个"政治/审美""公开/地下"的文学史叙事模式。但问题是,很少有人关注以食指为代表的"'文革'地下诗歌"的"源头",实际情况是,食指的诗歌风格、话语资源与"十七年"诗歌和"'文革'诗歌"有着割舍不掉的关联。比如那首广为传诵的《相信未来》,其风格上的抒情诗传统和形式上的格律诗传统和贺敬之、郭小川、张光年等的诗歌如出一辙。食指的诗歌史地位是否被夸大了是另外一个话题,这里的意思是,罗岗等所谓的这两个起源实际上还是一种受到"文学史叙事"影响的认识,这种二元对立式的叙事方式可能被刻意夸大了"差异性",其后果是:现代主义文学和现实主义(社会主义现实主义文学)被叙述为两种截然对立的文学形式和意识形态。像徐迟等人在早期讨论中所提出的中国式的"我们的现代派"(革命的现实主义和革命的浪漫主义)的合理性则被遗忘了。这里凸显的一个问题是,话语意义上的"起源"和实际的文学史的起源可能是有很大的出入的(卡利内斯库讨论现代性时所谈到的)。"起源"叙述往往是出于文学史建构的需要,或者说是文学史叙述干预文学史的结果。如果不对文学史的叙事模式和编撰原则进行"历史化"的处理,就很有可能落入文学史叙事的圈套,而忽视了真问题。

之所以说"起源"问题是一个问题,主要原因还在于"起源"在历时性上的无限回溯性,也就是说,"起源"的上限无法划定。比如近年来讨论起源最常见的句式是"没有晚清,何来五四?""没有十七年文学,何来新时期文学?",但这样的问题可以不断地排比追问下去,晚清文学是从哪里来的?晚清之前还有晚明文学,而晚明文学之前还有元明时期的白话小说。众所周知,在周作人和胡适的文学史叙述中,这些都构成了新文学的起源。把80年代文学的起源放在"十七年"和"文革"上,这种时间上的"就近原则"是否一定就有合理性?如果说以蒋子龙的《乔厂长上任记》等为代表的"改革小说"起源于"文革"和"十七年",这估计没什么问题,但是阿城的《棋王》、冯骥才的《神鞭》、邓友梅的《那五》,还有当时受到热烈讨论的所谓"新笔记体小说",很明显不仅仅是一个"文革"记忆和"文革"书写问题,或者说,它在剥离"文革"书写的框架时是不是也和另一些文化传统联系到了一起?用柄谷行人的话来说,"起源"总是与某种"终结"联系在一起。他在讨论日本现代文学的起源的时候,正是他觉得日本现代文学已经终结的时候,也就是日本进入了一个发达的工业社会的时候(1970年代末)。那么,我们现在讨论起源,是否有这么一个清晰的终结的时刻呢?我想说的是,如果即使有所谓的终结,那么究竟是柯林伍德意义上的终结(知识系谱的更换),还是福山意义上的终结(意识形态趋同)?1992年曾经有很多批评家讨论过"新时期文学"的终结,在我看来,这种终结似乎更接近福山意义上的"终结",东欧剧变和邓小平南方谈话使得这种终结因为与政治风波纠缠太紧张而显得不是那么自然,至少是没有日本那么自然吧。而且,这种终结让柯林伍德意义上的"终结"(指明我们关于其主题的知识在现代所处的位置而言——柯林伍德语)显得仓促而且慌乱,也就是说,新时期文学的"终结"是一种没有完成的终结,这种未完成性使得"新时期文学"的很多可能性没有完全展开(至少在我看来,先锋文学就是一个没有完成的"畸形儿"),在这个意义上,怎么来讨论起源?

那么,这里的问题是,如果说从历时性的角度来谈起源是有局限性的,还有没有其他的可能?我觉得蔡翔等人的对话实际上给出了这种可能,那就是所谓的"压缩的前三年"的说法,但是蔡翔等人可能没有意识到,至少表达不是很清晰,这种所谓"压缩的前三年"实际上是把起源的"历时性"转化为"同时性",从时间转化为"空间":

一方面来自社会主义阵营,既包括传统社会主义时期的许多看法、问题和争论在新的历史阶段被重新激发,也注目于社会主义内部自我调整、自我改革的路向、经验和教训,譬如对苏联和东欧社会主义国家工业化模式的学习和借鉴,特别是以南斯拉夫为代表的改革经验以及理论的探索,引起了知识分子的极大兴趣。当时内部出版了一套"国外政治学术著作选译",基本上都是以苏联和东欧社会主义国家为研究对象的,更不用说像匈牙利经济学家科尔奈的《短缺经济学》所产生的影响了。另一方面则是随着中日邦交正常化、中美关系正常化特别是中美建交,西方的视野迅速在中国人面前打开。

把东欧社会主义调整和中日、中美关系正常化纳入起源的考察,实际上是把80年代文学纳入了一个结构性的场域中。按照福柯的说法:"每一事件都与一特定的空间环境相互关系着。一个事件的发生,不必然由其他的事件引发,每一事件的发生都有其独特的逻辑和因由,引发它的因可以是其他的事件,亦可以是空间;同样,一个事件的发生,它继而引发的后果也不一定是其他的事件,而可以是空间的后果。"这种视角的转换无疑是有建设性意义的,但是让我觉得不满意的是,社会主义阵营、中日、中美这些属于外部结构调整的事件是如何成为一种内部的结构调整,并作用于当时的文学制度和文学场域的？很明显，1978年即告开始的经济体制改革（以1985年为界限，前期侧重农村经济改革，后期侧重城市经济改革）是一个非常重要的"转换性"的机制，这种机制的影响不同于"翻译热""文化热"等文化层面的改变，而是直接关系到中国人当时的物质的生存和发展。我们可以把《陈奂生上城》和路遥的《人生》进行一种连续性的考察，可以这么说，陈奂生是高加林的"父亲"，他的理想仅仅是"上城"，也就是说"城"对于他来说是一个外在于他的事物，是一个奇观或者风景，他"上城"是为了更体面风光地"回乡"；而在高加林这里，"进城"不仅是要解决一个物质生活问题（他在农村同样可以解决这个问题），更重要的是精神层面的需要（爱情和事业），因此"城"对于高加林来说是一种身份的转换和一种新的主体生成。这也是"进城"的"失败"让高加林痛苦万分的缘由：因为在一个社会的结构（制度和体制）已经发生变化的时刻，个人意识因为转化的不彻底而导致了某种分裂性的人格痛苦（当然，路遥用某种古老的乡村伦理至少从表面上疗愈了这种痛苦）。在我看来，《人生》的起源在于对社会结构调整的敏感性和具体反应,如果不把这些复杂的因素考虑进去,所谓"起源"就只能是一种静止的文学史的想象,而和真正的历史相悖甚远。

二、少数的政治和 80 年代的"个人"

蔡翔在对话中试图"把 1980 年代处理成一个'少数'的时代",他的解释是:

> 我不是在褒义或贬义的层面上使用这个概念,只是一种抽象的讨论。这个"少数"在政治和经济上都有表现,比如"能力主义",或者说对"能人"的肯定,"让一部分人先富起来",等等,这是直接为改革开放服务的。但是,在思想和艺术领域上,表现出的是一种蓬勃的创造性和探索性的精神以及一种"独特性"的对"陈规"的挑战姿态,这些不同的层面呈现出非常复杂的关系和纠葛,但又有着某种隐秘的联系以及相互的转换。

这里面的逻辑非常明显,那就是把前30年理解为一个"多数人"的时代,这个时代压抑了"少数人",所以说这个"少数人"也是前30年生产出来的。这确实是一个比较"文学化"的说法,不过也确实揭示了80年代文学乃至整个当代文学的一个症候性问题。蔡翔这里很明显是站在80年代的立场上发言的,因为有80年代这样一个"认识的装置",所以80年代的"个人"成了一个绝对的标准。以这个标准来衡量,前30年被本质化为"一体化"的整体性压抑时代,而毫无"个人"可言,90年代以来则被理解为一个即使不是全部背叛也是部分庸俗化了的时代,用蔡翔的话说就是"被阉割了"。90年代的情况我们暂时不讨论,先来讨论前一个问题,1979年之前,也就是"十七年文学"和"'文革'文学"中真的完全没有个人的东西吗?或者说,完全没有"现代性"的东西吗?我想从赵树理的小说来进入这个问题,赵树理的小说最近又成了一个比较重要的话题,王晓明等人最近就他的小说作了相关的讨论。在我看来,对赵树理小说现代意义最好的阐释莫过于竹内好在1950年代的研究。竹内好的主要意思是说,赵树理的小说体现了人物和背景的一致性,也就是个人最终不是作为一个孤立的个人处于社会和历史之外,恰好是,在叙事的推进中,个人和集团(民族、国民)完成了"典型化"。在这个意义上,竹内好认为赵树理的小说是建构"国民文学"的典型范例。如果说竹内好从战后日本民族意识重建的角度强化了赵树理小说在建构想象共同体时的作用,那么另外一个青年学生冈本庸子的解读可能更具有个人性。竹内大段引用了冈本的言论,我在这里也可以引用一段:

> 我在读《李家庄的变迁》的时候,不禁对小常、铁锁这些人产生了羡慕之情。他们生活在一种悠然自得、自我解放的境界之中。我无论怎么努力,也不可能达到这个境地,我是多么憎恨自己的小市民习性啊!……由于个人是社会的人,也是社会使得个人得以存在,个人与社会之间没有任何矛盾。[①]

[①] [日]竹内好:《新颖的赵树理文学》,《新文学》第七辑,郑州大象出版社,2007年11月。

我在这里想指出两点。第一,在赵树理的小说中,毫无疑问"个人"是存在的,不过是用另外一种形式表述出来,即社会化的个人。第二,这种表述同样是现代的,只是这种"现代"不同于西方的"现代"。从这个意义上说,蔡翔所谓的80年代的"个人"的意识形态性就凸显出来了。这种少数的"个人",是一个被浪漫化和神话化的"个人",是一个"理念人",是一个和社会不发生关系的、遁到历史之外的"个人"。这一"个人"在美学上可能有一定的意义,但是,就建构一种文学想象和族群想象而言,它完全暴露了其虚幻性。但这还不是问题的关键,问题的关键应该是直接面对蔡翔的这个判断,80年代的"个人"是否仅仅是少数人意义上的、美学意义上的"个人"呢?我认为不是这样的,在80年代的人学话语中,除了这种被放大了的"抽象的人"以外,其实还有另外一类人学话语,那就是"(社会主义)新人"。实际上与"伤痕文学"几乎同时,关于"(社会主义)新人"的倡导就开始出现,并在1980年、1981年的讨论中达到一个小小的高潮。我在这里把"社会主义"放在括弧中的意思是,在随后的叙事文本中,"新人"实际上已经超出了"社会主义"的范畴,而在80年代的改革语境中凸显了真正的"新"的东西。以两部小说为例,一个是《新星》,另一个是《平凡的世界》。这两部小说都试图叙述1980年代中国改革中的社会和个人,李向南和孙少平代表了两种不同的改革路向:一个是借助权威,自上而下地推进改革;另外一个是自下而上,凭借个人的"能力"和"道德"参与改革。在这种叙述中,作为某种"个人性"的东西被建构起来了:李向南代表了"国家社会主义"式的个人建构,个人可以为了一个"崇高"的目的牺牲私人性的东西;而孙少平则代表了农耕文明对现代变革所抱有的道德热情和奋斗欲望在孙少平身上,既有鲁滨孙式的个人奋斗的东西,也有传统中国自耕农以"道德"和"勤劳"为手段而达成变化的因素。最重要的是,在这两种"个人性"的建构中,通过个人的努力改变自我命运同时也改变"家国"的命运是主要的"价值伦理"。我想说的是,柯云路和路遥都在试图寻找某种个人、家族和国家之间一致而不是分裂的地方。(至于个人和国家的统一叙述,实际上还可以在另外一个文本里面得到体现,《高山下的花环》中靳开来和小李的个人性并不妨碍对国家和民族伦理正当性的描述,或者说国家伦理因为靳开来和小李的个人性而恢复了其"人性"的一面。)在这种叙述中,我认为一种非常有价值的、类似于韦伯所谓的资本主义清教伦理的新的改革伦理可能会被建构起来。实际上我们会发现,相对于1985年左右的性写作热,李向南和孙少平都有某种清教徒式的情结,而关于"改革"的叙述,也可能会在90年代呈现完全不同的面貌。有的研究者在讨论巴尔扎克的《乡村医生》的时候,认为其提供了一种完全不同于经典工业革命模式(兰开夏模式)的叙述,那么,我们在柯云路的《新星》和路遥的《平凡的世界》中是否也能发现这种可能性呢?而且需要注意的是,《新星》和《平凡的世界》实际上在当时是属于"多数人"的文学,那么,这是否意味着所谓的"少数人"在80年代实际上只是"圈内人"的自我想象和自我神化,而根本就没有碰到80年代文学的关节点呢?

这里可能还涉及80年代的"文化话语权"问题。蔡翔在另外一篇文章中曾经反思过这个问题:"80年代的'主体'不过是知识分子借助其话语权力建构起来的一种群体形象而已,在'苦难'的反复书写乃至不断的复制过程中,个人经历被有效地转换为一种'集体记忆'。而在更多的时候,这种'集体记忆'常常超越了知识分子的特定的阶层范围,在书写乃至接受过程中,常常会获得一种类似于'民族志'的叙述效果。正是在这种类似于'民族志'的书写方式中,知识分子的个人苦难被转喻为整个的民族苦难,并暗合了当时的时代需要,包括国家政治的需要。""二十世纪八十年代的思想解放运动,一开始,就打上了知识分子的鲜明烙印,而在相应建立起来的新的社会共同体的想象中,知识分子话语也随即获得了它的普遍意义,并开始争夺实际上的文化领导权。"知识分子话语在80年代实际上是被放大了的"少数话语"之一种,这一话语刻意强调了与当代政治(社会主义历史)之间的对抗和分裂的关系,并遵循某种"输者为赢"的原则,实际上压抑并排斥了"多数人"的话语,80年代的文学批评和文学史话语实际上是知识分子话语介入文学史的一个变种。

三、"先锋文学"和"审美问题"

蔡翔等人敏感地意识到了80年代的先锋批评和90年代的先锋批评对"先锋文学"的态度是有差别的。80年代的先锋批评对"新潮文学"的解读实际上有比较鲜明的政治性,吴亮在很多地方都谈到他们当时对"新潮文学"是有期待的,这种期待不仅仅是文学可以这么写了,关键是期待在这种"自由"的写作中,能孕育出新的"个人意识"。还有一点是,在80年代,新潮批评并不一定就形成了某种压抑的机制,比如在吴亮等人编选的《新小说在1985年》中,新小说不仅包括马原等人的小说,也包括刘心武的社会纪实体小说,吴亮等称之为"非虚构小说"或者说"新闻体小说"。"非虚构小说"是60年代在美国非常盛行的一个小说思潮,其代表人卡波特的作品在1985年就被翻译过来了。"非虚构小说"主要意图是要打通"小说"和"社会"之间的关系,"介入"社会(当然这个介入和"左翼文学"的介入有不一样的含义),所以说,不仅仅是拉美文学、新小说构成了"新潮文学"的源头,"非虚构小说"同时也是一个影响源,但后面这个被后来的文学史叙述给屏蔽了。还有一个很有意思的问题是,文学史往往以马原等作为"先锋小说"的代表,却忽视了最早以"魔幻现实主义"登上文坛的不是马原,而是西藏的扎西达娃等人。有的研究者已经指出,早在1982年左右,在西藏就有一个"新小说创作圈",这些新小说和马原的新小说有很大的差异。比如在扎西达娃的《系在皮绳扣上的魂》这篇小说中,他借用了一个元小说的叙述形式,可以说是非常新的,但是,在这样一个叙事形式下,叙述的实际上是农村改革给西藏人民带来的冲击和对世界的想象的故事。这个故事其实是一个物质现代化的实现和个人现代意识完成的讲述。也就是说,"先锋小说"完全可以把形式、语言上的实验和意识到的"历史内容"完美地结合起来,至少在扎西达娃这里,新的形式依然要为讲述一个民族发展和个人发展的内容而服务。这其实是"先锋小说"在"发生"时候重要的一元,但是,这样一种文学史的可能性被马原完全遮蔽了。在80年代的批评话语中,新潮批评家对马原和扎西达娃进行了有效的区分,马原的作品被视为一种想象的、虚构性、探索性的写作,而扎西达娃的作品被视为一种地理学意义上的、带有乡土意义的写作。或者说,马原的作品被视为进入了"世界文学"谱系中的写作,而扎西达娃的作品被视为一种"民族文学"的写作。我们发现马原的小说具有"游记"和地理志的意味,他对西藏风情的描写,无不戴着那个"我是汉人"的有色眼镜。这里凸显的问题是,马原完全可以以一个外来者的身份把他所观察到的历史"风景化"而无须承担"现代化"的焦虑,而扎西达娃做不到这一点,因为对于作为一个藏族人的他而言,他必须面对具体的自我民族的发展和变迁,他是置身于这一历史之内的。马原被确立为先锋的典型暴露的文学史问题是,先锋批评关于"先锋文学"的建构是以抽空具体现实的历史内容为目的和手段的,这意味着"先锋小说"带有某种殖民性(世界文学这一概念本身就有殖民性),这一殖民,不仅在于中国与世界的关系上,也在于中国内部(少数与多数,中心和边缘)。那么,这种叙事确立的政治我觉得不是把一个整体性的社会分化了,而是从多数人(以国家为其代言者)手里转移到了少数人手里,这种少数人的政治恰好强化了文化和政治上的同质性,因为,现在文化的发言权(讲述的权力)已经只能属于某个中心,而无法被弥散(比如少数民族文学消失了)。所以从这个意义上说,我依然坚持认为85新潮只能是"新潮"(不管是在哪个程度上的新),只是一种可能性,而不是"主潮"。

蔡翔等人意识到了1985年以前的文学史叙述大概是建立在刘再复等人关于"新时期文学十年"的叙述基础之上,却没有意识到所谓的"先锋文学"的文学史叙述是建立在80年代末的新潮批评话语和"重写文学史"的基础之上。诚如蔡翔等人所言,"先锋文学"是以"审美"为其合法性张目的,而"审美"作为80年代的一个"原话语"在当时的语境中有复杂的构成。在李泽厚的美学谱系中,他对"美"的定义至少有两个思想资源,一个是马克思和恩格斯的理论资源,一个是来自康德的美学资源。早在1956—1962年的美学论争中,他就借用马克思《1844年经济学哲学手稿》中"人化的自然"的概念来阐释美的本质,并以此批判以朱光潜为代表的"唯心主义"的美学观念。更重要的是,通过这次辩论,李泽厚"不仅开创了马克思主义美学,还成功地将康德引入中国的美学著作中"。不过康德对李泽厚的影响在80年代才被重视起来。在《批判哲学的批判:康德述评》等一系列著作中,李泽厚在对康德的引入和辩驳中,进一步丰富并发展了其"实践哲学"的美学观。虽然李泽厚在80年代"去政治化"(去功利主义)的思潮下借鉴了康德关于美的无功利性的一面,但并不是完全接受了康德的这种思想,而是始终企图把康德纳入马克思主义哲学美学的体系中。比如在对"崇高"这一美学概念的理解之中,李泽厚就表现出了和康德完全不同的视野,"在康德看来,崇高超越了人类和有限的想象的界限。……而在李泽厚看来,崇高来自人,而人不应定义为主观、个体意识的内部世界或是美学思考的主体"。在这样的美学谱系中,"美"是不可能独立于历史、社会和意识形态而存在的。但是李泽厚的这种美学在"重写文学史"实践中被大大简化了,一种"功利主义写作"和"非功利主义"写作的区别得到极力的强调,通过"政治/艺术""功利/审美"这样一个二元对立的坐标系,"政治"被简单地转喻为"功利",而"审美"也被简单地转喻为"非功利"。这种对"审美"的偏执的理解导致了一种"作品中心主义"的倾向,"审美性"的历史和社会内容遭到无意识的遮蔽,被简单等同于"新批评"所谓的"文学性"(形式和语言),创作被大大简化为一个技术性的问题(具体到作品分析中就是"怎么写"的问题)。也就是说,从美学话语到文学史话语,至少是经过了"重写文学史"的努力和实践,"审美"才成为蔡翔等人所谓的"先锋文学"意义上的"审美"。

"重写文学史"凸显的另外一个问题是,只有对"现代"进行了"重写",当代才能被建构起来。其实在蔡翔等人的对话开头就提到一个问题,那就是汪曾祺作为一种文学史的源头,也即是说对一种文学意义上的当代文学史的叙述必须求助于"现代文学"中的历史因素,在这个意义上,仅仅把当代文学的"60年"视为一个整体还是不够的,而必须把现代文学的"30年"也放进去,似乎才更具有解释上的合理性。但是这么做是否又落入了80年代"重写文学史"的圈套呢?(如"二十世纪中国文学"和"百年中国文学"之类的提法),也就是说,我们能否提出一个不同于80年代的"整体观"?目前对"文学史"的讨论众多,但有建设性的想法很少,我觉得一个重要的原因还是对80年代的知识立场和知识结构反思得不够,没有走出80年代确立的"文学史框架"。这不仅导致了现代文学研究死气沉沉,也使当代文学研究始终找不到自己的历史位置和意识形态。这一点,在程光炜最近的长篇论文《重访80年代的"五四"》中已经有了非常中肯的讨论。我觉得今天重新讨论整体性研究的优势可能在于90年代给予我们的"遗产",因为90年代的出现和生成(用罗岗等人的说法,我们现在更多地生活在90年代文化的规范中),我们才有可能摆脱80年代的一代人的"经验"(这种经验已经转化为一种知识),来讲述我们自己的历史经验和文学史故事。

四、80年代文学和90年代文学

记得赵勇在一篇论及人民大学"重返80年代文学研究"的文章中曾提醒说,不能光往前看,也应该向后看,我觉得这是很有眼光的建议。但是目前的情况是往前看比较容易,往后看却比较困难。实际上蔡翔等人的对话也暴露出了这个问题,在谈到80年代文学的"起源"或者"发生"的时候谈得比较深入,很细致,但是谈及1985年以后的一些文学现象如"先锋""寻根"以及90年代文学就显得有些缺少历史感,这可能是因为90年代与我们当下的距离太近。但这个问题又没有办法绕过去,究竟80年代文学(乃至整个前三十年的文学)在90年代发生了什么变化、转型、重构(似乎哪一个词都不够贴切)呢?

陈思和等人在90年代末曾出版了一本小册子,叫《理解90年代》,内容主要是对90年代的一些小说进行解读。这个册子的名字很有意思,实际上对90年代文学的怀疑、不信任的情绪即使在今天也没有消除,小说好像要好一点,一些长篇基本获得了文学史的承认,诗歌界分歧更大,比如"90年代诗歌"虽然有程光炜等人批评的介入,但目前还是一个比较有争议的话题。我觉得要理解90年代,首先要考虑到两个大的背景:一是苏联解体导致的国际政治经济秩序的一次大改变,二是邓小平南方谈话推动的市场经济改革的全面铺开。这两者实际上是相互关联在一起的,1989—1992年是一个争议特别大的时期,如果借用蔡翔等人的说法,这三年也可以算得上是一个"压缩期",其中蕴含了整个80年代向90年代过渡的许多重大问题。在此时期意识形态方面有一场大的关于改革性质的争论,也就是"姓资"还是"姓社"的争议和较量。到了1992年因为邓小平南方谈话的提出,这个问题基本上是一锤定音,也就是中国将毫不犹豫地坚持以市场经济体制改革为主导的市场化发展路向,中国会进一步进入以美欧为主导的世界市场和世界秩序,这个方向被写进了十四大。也是在这个时候,海外的文化界有"告别革命"的提法,而国内的知识界则通过引进"后学"理论来对80年代的文化和文学进行重新清理和定位。这里需要思考的是,在这些政治文化背景下,文学场受到了哪些影响?发生了什么变化?比如一个非常明显的事实是,读者群完全不同了,比如吴亮谈到他在90年代不再写批评了,因为觉得没有人在看,读者都离开了。

在这些前提下,我觉得90年代有三个比较重要的文学现象值得我们去思考:第一个是先锋文学的变化。我不愿意使用近来比较流行的"转型"等比较宏观的词语,因为我觉得先锋文学在90年代的变化比较微妙。一方面,部分作家放弃了对语言和形式的进一步探索,这一点我是觉得非常可惜的,因为支撑先锋在80年代的主要理由就在于形式和语言。我们可以假设一下，如果先锋文学果真能探索出一种和现代汉语相关的叙事形式和语言体系，而不仅仅是"去毛文体"，这肯定会是对中国文学的一个很大的贡献。比如孙甘露当时的《信使之函》等小说，至少在美学的可能性上是值得肯定的。另外一方面是，先锋小说模仿痕迹很重的形式和"解构历史"的内容结合起来，在90年代形成了一个比较怪异的、不伦不类的所谓的"新历史小说"（这个命名非常值得怀疑，姑且用之）。这种小说实际上是很多的类型小说（比如黑幕小说、官场小说、演义小说等）的大杂烩，无论是在形式还是在历史意识上，都没有为当代文学提供有意义的东西。这一批作品混合了某种复杂而浅薄的情绪，是最终无法释放而归于人类原始欲望的毫无顾忌的发泄。在苏童的《米》中，为求得欲望化对象的"米"，五龙以异常残忍的手段杀害了全部的敌手，当他最后扑到混合着鲜血的米堆上的时候，却丝毫没有意识到自我已经被欲望侵蚀为一具冰冷的暴力机器。在这里有某种拥抱"市场意识形态"和"交换价值"的东西，从这个意义上说，先锋文学在90年代确实有迎合主流意识形态的嫌疑，但是，考虑到"市场"是在巨大的国家和政党机器的控制之下,那么,这种拥抱多少也带有犹豫的成分。第二是王朔现象。在蔡翔等人的对话中,有一个非常有意思的讨论,就是认为高加林会有两个发展方向,一个是孙少平,一个是王朔笔下的顽主。前者我比较认可,后者却值得讨论。我的理解是,如果说高加林体现的是一种农民价值伦理,"顽主们"体现的是一种市民价值伦理,那么,从高加林到"顽主们"就暗示了农民价值伦理向市民价值伦理的转化,这种转化与中国改革开放的价值导向应该是有一致性的。但是问题在于,王朔的"顽主们"并不能代表所谓的"市民价值","顽主们"大概属于今天所言的"愤青",他们在两种价值之间摇摆:一方面,如果可能,他们会成为"中产阶级";另外一方面,他们可能成为中国"垮掉的一代"。而王朔的"油滑"使他一直在犹豫不定,王朔的犹豫从某种程度上是89后知识分子的犹豫(正如王朔所言,他在本质上是一个知识分子)。很多的批评家把王朔归结为文学从启蒙向消费转移的象征性人物,尤其以其编剧的《渴望》为例证。我觉得这是一个认识上的失误,实际上,《渴望》不能代表王朔,也不能隐喻90年代文化的大众转向,刘慧芳的形象不过是《人生》中刘巧珍形象的延续和强化而已,并不能凸显什么特别深刻的意义。我觉得倒是要注意《动物凶猛》这个作品,因为在这篇小说中出现了一种完全不同的对"文革"的书写,"文革"成了一个与性欲、冲动和青春期萌动相关的"成长记忆"。《动物凶猛》可以视为一部成长式的青春小说,但同时也是一部消费"文革"的作品,这等于是往80年代文学和文化的胸膛上扎了一刀,因为整个80年代的叙事基本上建立在对"文革"的严肃控诉和反思的基础上,对"文革"的苦难记忆和苦难书写是支撑知识分子精英话语在80年代合法性的最大依据。美国历史学家芬克尔斯坦曾在其著作《大屠杀的工业》(*The Holocaust Industry*)中提出一个非常"反主流"的观点,那就是认为纳粹的大屠杀通过教科书、学术研究、会议著述等历史叙述行为从一个"历史事件"变成了一种"产业",并且成为一部分犹太人谋取政治文化利益的资本。另外一位知识分子乔姆斯基对他的这个观点持非常肯定的态度。我引用这个例子并不是在道德观和价值观上赞同芬氏的观点,而是指出,一种叙述一旦成为一种占主导性的、排斥的、不可怀疑的叙述,那么它也就是走到了其自身的反面。80年代以来对"文革"的叙述可以说就有"本质化"的趋势,而王朔的小说则发出了不同的声音。现在,"文革"不仅与苦难、压迫无关,而且被纳入对身体的渴望和发现的"肉体叙事"中,当然在80年代同样充斥着"肉体叙事",但是这种"肉体叙事"是为了反证"文革"的压抑和恐怖。而在《动物凶猛》中,肉体仅仅指向肉体本身,或者说,肉体被本质化了,肉体成为一种意识形态。所以在王朔的一系列小说中,满足肉体在现实生活中的需要成为必需,为了这个目的一切都可以用来消费,在《甲方乙方》中这一点达到了极致。阿城在一篇访谈中曾谈到王朔可能比先锋文学更重要,因为王朔是直接对"毛文体"和"革命意识形态"进行面对面的解构。但是我觉得这个说法有些夸大王朔小说的政治批判色彩,实际上,王朔小说因为对消费意识形态的极度痴迷而把自身的"批判意识"也"消费"了,这严重削弱了王朔小说的严肃意义。第三是王安忆在90年代的创作。在《理解90年代》中,王安忆的《纪实与虚构》《叔叔的故事》被视为她在90年代非常重要的作品,其主要依据在于所谓叙事意识的自觉。这是一个非常有偏见的判断,这一判断的文学史标准和知识谱系还是从"先锋批评"和"重写文学史"那里来的。今天看来,王安忆在90年代最重要的作品应该首推《富萍》《我爱比尔》《米尼》等以城市为背景的作品。与"三恋"把故事背景放到荒郊野外,脱离于社会舞台不同,这些作品的故事和人物都被纳入现实复杂的社会关系中,我觉得这是王安忆对人的一次重新定位,"抽象的人"被"现实的人"所代替。王安忆写这几篇作品非常有意思,资料显示,她是亲自跑到上海市女子监狱去做了大量的采访和笔谈,切实了解了不少女性犯罪的事实,然后动笔写的。这意味着王安忆试图从一种"观念性"的写作中挣脱出来,力图把握当下的历史和现实的努力。与王朔等对"市场意识形态"热切拥抱不同,王安忆笔下的女性在把现实的欲望转化为自我的努力的同时,走上的却是不归的毁灭之路,米尼最后的被捕(《米尼》)和阿三的堕落(《我爱比尔》)实际上暗示的是王安忆对女性自我更新和无法在一个变动的社会中把握自己命运的宿命之感。(这与"三恋"中的女性最后通过各种途径如母爱、婚姻、伦理获得拯救完全不同)。我的同门在研究这个课题的时候有个疑惑,就是为什么她的这些小说在当时那么不受到重视(据查只有有限的几篇评论)。我觉得主要原因在于,一方面批评的趣味还停留在80年代,另外一方面是对市场化展开过程中的残忍认识不够。从这个角度讲,王安忆是一个敏锐的作家,对她的这些作品有必要进行重新评价。

上述三个方面,只是90年代复杂的文学现象中的一部分,我举出这么几个例子是为了说明这样一个问题:要理解80年代文学,毫无疑问不但要重新理解"'文革'文学"和"十七年文学",也必须重新理解90年代文学。而对90年代文学的理解,不但要放在整个当代的历时性中考察,同时也要放在90年代的社会语境中进行结构性的考察。哪些方面是断裂的?哪些方面是连续性的?都需要仔细去考量。在蔡翔等人的对话中,一个困扰性的问题,是谁生产了谁的问题(80年代生产了90年代,还是90年代生产了80文学)。我觉得是不是可以换一种思考方式,为什么不是互相"生产"呢(如果"生产"这个词有意义的话)?或者说当代文学因为一直处于剧烈变动的当代历史中（1949，1979，1989，2009等等），只有通过某种"互文性"来保存它的历史和美学。

五、"历史化"的方法和内涵

毫无疑问，80年代文学在"这30年文学"中占据一个特殊的位置，正如程光炜所指出的："今天可以看到，关于'新时期文学'的文学观念、思潮和知识立场，基本是在八十年代形成的。目前站在中国现当代文学专业课堂讲授和研究第一线的老师，也多在这十年建立起了自己的知识观念、知识感觉和知识系统。正是在这种意义上，'八十年代'无可置疑地成为观察整个新时期文学的一个'高地'，一个瞭望塔。由此，也许还能够更为深刻地理解什么是'当代'文学。"在程光炜主持的"重返80年代"的研究工作中，一个一直困扰我们同时也是我们研究动力的问题是，如何把80年代文学（甚至是当代文学）从"批评化"中抽离出来，进行更为系统、深入的"文学史"研究。也正是在这个意义上，"历史化"成为"重返80年代文学"研究的一个基本的视角或者说方法论。不过也正是在这个问题上存在着一些分歧,我在很多场合听到这样一种质疑:如果把当代文学"历史化",那么怎么看待"批评"?甚至有更激烈的观点认为"历史化"就是彻底拒绝当代批评,或者是与"当代批评""划江而治"。我非常理解这种质疑和担心,因为作为一个与当下紧密结合的"学科",如何在"文学史"和"文学批评",在"历史化"和"现场化"之间进行有效的区分,既是一个难题,也是一个一直没有引起足够重视的问题。实际上可以这么说,正是在这个问题上模棱两可的态度,导致了"当代文学"成为一个没有确定对象、确定研究界限和确定研究时段的非学科的"学科"。也许在一些学者看来,这正是"当代文学"的魅力所在,但是,如果这种魅力是以放弃对"当代文学"深入进行历史考量为代价,则其"魅力"就会大打折扣。在我看来,当代文学的"历史化"并不排斥其"批评化",实际上"历史化"的一个主要目的就是要重新激活"批评"所包含的问题,把"批评"作为一个对象,纳入"史"的考量。在这种思路中,"历史化"既是一种文学史考察(包含了各种资料的收集、发掘、整理等),也是另外意义上的"批评",不过这种"批评"被放置于一种整体的文学史视野之中,在这种视野中,过去的"作品谱系"需要被重新审视,并在这种审视中对"当下"文学做出更有历史感的认识和判断。如果确实存在这么一种理想化的"历史化"研究,则当代文学有可能会改变目前这种不伦不类、四不像的尴尬状态,既有可能会找到本学科的"历史属性",当代批评也不会成为无本之木,而成为具有历史意识的真正的批评。

那么一个非常具体的问题是,如何进行有效的"历史化"研究?这里面当然涉及一些具体的方式,比如史料的收集和整理,作品的重读和再评,文学史观念的重新调整,等等,但更重要的是研究者主体自我历史意识和观念的更新。可以说目前有两种情况困扰着当代文学的"历史化"研究。第一是"经验化"的倾向。当代文学的研究者往往都是当代文学的参与者和实践者,在这种情况下,个人的经验和体验实际上直接影响了对具体文学事实的看法和态度。比如我们会发现亲历过 80 年代文学的研究者往往有一种精英文学和知识分子的趣味,对文学的形式、语言也特别关注,这实际上就是80年代的历史经验的沉淀物。我所谓的"经验化"的意思是,这些研究者可能就会拘囿于这种经验,并把这种经验无限放大和普遍化,从而无法在一个动态的历史过程中提升和更新自己的经验。第二是知识化的倾向。这种知识化的倾向主要有两个方面:一是近年比较流行的,借助一个西方的理论概念(比如现代性、文学场、先锋性等等)来剪辑、论证中国的文学事实,结果是既曲解了西方的理论,也曲解了中国当代文学。这种现象已经被很多学者批评,这里不再赘言。更重要的一种知识化倾向我觉得应该属于这样一种情况,那就是更年轻的研究者(比如70后、80后出生的)以一种纯粹客观的态度来面对其研究对象。我在好几次会议上听到50年代出生的研究者"指责"更年轻的研究者缺乏"历史同情",以一种"零度情感"来面对"80年代文学"。而作为一名80后的研究者,我也确实感觉到在我和我的研究对象中间始终存在一种"隔"的感觉,这种感觉,是借助知识、理论和逻辑难以解决的。这里指出这两种倾向并不是为了批评或者指责,实际上,我倒是认为这才是一种正常的历史情况,如果50年代出生的研究者没有"经验化",70年代、80年代出生的研究者没有"知识化"的倾向,反而是不正常的。关键是,如何利用这两种倾向,达成一种比较理想的"历史化"研究状态? 在我看来,"经验"是非常重要的,从某种意义上说,当代我国学术思想水平普遍不高的一个主要原因,就在于我国的很多学者羞于谈论自己的经验,或者说,不敢面对自己真正的经验,而用一种集体的、虚幻的、外在于自己的历史经验来取代自己真正的经验,这才是经验化最要不得的地方。"经验"同样需要对象化,需要反思和阐释,需要通过理论、知识和逻辑进行有效的整理和建构。只有这样,经验才是有效和有生产性的。由"经验"到"知识",再以"知识"来体系化、理论化经验,在主体和主体之间,在主体内部,形成一种有效的对话和沟通,使得"经验"超越其个体性,上升为一个具有普遍性的东西,我想,这才是"历史化"的要义。归根结底,"历史化"是我们自我的"历史化",并把这种自我的"历史化"投射到我们的研究对象(中国当代文学或者80年代文学)上。在这个意义上,我更愿意说,我们面临的不仅是一个文学意义上的重述"现代"的问题,更是一个哲学本体论意义上的如何重述"个体"在现代如何行动、如何实践、如何获得意义的问题。

（本论文中的许多材料、观点直接获益于我的导师程光炜教授主持的"人大课堂与八十年代文学"博士研究生讨论课，特此说明并致谢。）

"主体论"与"新时期文学"的建构

——以刘再复《论文学的主体性》为中心

2007年伊始,一家当代文学批评杂志再次以"隆重"的篇幅推出了《新世纪文学研究》专栏[①]。从1990年代一些批评家提出"后新时期"[②],到因千禧年而诞生的"新世纪文学",一种欲终结"新时期"于一宿的姿态呼之欲出。这是"进步"与"发展"的魅影如魂附体,还是一个世纪以来"革命"与"造反"的宝贵遗产?但这些急欲在"新世纪"文学的一亩三分地上祭起大旗的人可能没有意识到,对所谓"后

[①] 见《文艺争鸣》,2007年第2期。该期《新世纪文学研究》刊发了包括程光炜、雷达、孟繁华等人的文章共7篇。

[②] 1992年,北京大学和《作家报》联合举办"后新时期:走出80年代的中国文学"研讨会。这次会议将90年代文学命名为"后新时期文学"。与会者的部分文章发表在《当代作家评论》1992年第5期和《文艺争鸣》1992年第6期上,主要倡导者有陈晓明、张颐武等人。

新时期"和"新世纪文学"的切切强调不仅没有让一个时代的背影渐行渐远,反而是招魂引魄,让行将过去20多年的"新时期文学"以更加峻急的态度向我们逼近。

正如程光炜在文章中坦言的,对于"新世纪文学"的建构没有必要遮遮掩掩,因为正是通过一系列有意识的"建构",历史才得以敷衍生成。① 这倒是深切提醒了我们,"新时期文学"同样是通过某种历史之手"建构"形成的,更重要的是,它的"建构"只有在"后新时期文学"的建构、"新世纪文学"的建构中才更充分地凸显出来。从另一个角度讲,如果"新时期文学"可以理解为一种话语类型,它只有在与其他的话语类型的联系、区别、继承和分裂中才能更丰富它自己的言说与所指。

诚如斯言,这正是我们今天讨论"新时期文学"的一个角度或者说"位置"。这并非后来者对历史的"误读"或"改写",而是在历史发生的原点就包含的歧义和复杂。如果我们翻开1976年以来的中国"新时期"文学史,我们就能清

---

① 程光炜:《新世纪文学建构的几个问题》,《文艺争鸣》2007年第1期。

楚地看到这一点。"伤痕文学论争"、"第四次作代会"、"朦胧诗论争"、《新时期文学六年》、《新时期十年文学主潮》、"现代派讨论"、"清除精神污染运动"、"批判《苦恋》"、《论文学的主体性》……这种种会议、论争、著述、文章犹如一支支神来之笔,在书写、总结、传播、界定着一段"新时期"史,但与此同时,这些历史的"填充物"又如一个个不死的"老灵魂",总在不断地改写、反诘甚至破坏着已有的历史之"实"。这一过程固然有黑格尔所谓的"正""反"二律结构,但其中的"真"与"假"、"实"与"虚"、"正"与"误"又岂能一言以蔽之?

把"主体论"以及与此相关的一些论述,如《论文学的主体性》《新时期文学十年主潮》《新时期文学的突破和深化》《刘再复现象批判》《审美与自由》等放入这样一种历史视野中予以考量,首先意味着我们承认这些"言说"都真实地"建构"了历史,并已经成为一种无法回避的物质和精神事实,而在另外一方面,我们又强调这种"建构"并没有"终结",而是在"开放性地"接纳各个方面的加入,即使这种"延续"有时候必须以"断裂"的姿态出现。因此,我工作的重心不是去检讨"主体论"的成败得失(或者我可以反问一句,历史之建构有成败得失吗?),我要追问的是:"主体论"是如何又是以怎样的方式参与"新时期文学"的"建构"或者说"历史化"的？这种参与对新时期文学的历史格局起到了什么作用？最后,关键是,这种参与的背后隐藏着何种知识运行机制？它与整个80年代的历史语境、知识立场构成何种内在的关联？

一、对"新时期文学"的不同"认知""规划"

"新时期文学"的干将之一李陀在2006年的一个访谈里回顾了80年代两个重要的思想运动,他说:"要做历史分析,我以为首先要做的,是回顾80年代'思想解放'和'新启蒙'这两个思想运动,回顾它们之间那些纠缠不清的纠葛和缠绕,它们之间那种相互对立又相互限制的复杂关系。"在李陀看来,"思想解放"和"新启蒙"两者之间有着本质上的不同,前者是要"在对'文革'批判的基础上建立以'四个现代化'为中心的政治、经济以及文化思想上的新秩序";后者则是"想凭借援西入中,也就是要凭借从'西方'

'拿过来'的'西学'话语来重新解释人,开辟一个新的论说人的语言空间,建立一套关于人的新的知识"①。

李陀以作家的身份和意识去讨论"新启蒙"与"思想解放"之间的复杂关系,无疑给治"新时期文学"史的人提供了一条重要的路径。我们知道,在 80 年代,无论是"新启蒙"还是"思想解放"运动,文学都在其中扮演了极其重要的角色。文学不仅是这两个运动的重要参与者,甚至一度占据"急先锋"的地位。因此,"思想解放"和"新启蒙"的区别和纠缠,也暗示着这一时期的文学的区别和纠缠。实际上,正如李陀所言,因为"思想解放运动"和"新启蒙运动"的发起者的文化身份、意识形态目的、知识文化谱系不同,他们对新时期的文学的认知、期待、规划也有着相当大的不同。

虽然自"真理检验标准"讨论以来,思想解放的气氛已经开始在全国蔓延,但从当时的有关讨论(比如关于"伤痕文学"的讨论,关于"歌德与缺德"问题的讨论来看),作为

---

① 查建英:《八十年代访谈录》,生活·读书·新知三联书店 2006 年,第 274 页。

"文革""重灾区"之一的文学艺术界解放的脚步还举步维艰。在这种情况下,1979年在北京召开的第四次文代会就显得尤为重要,因为它肩负着"确立新时期文艺工作的方针,调整文艺政策,同各种错误倾向和思潮进行有力斗争,完成新时期革命现实主义文学思潮发展的重要历史转折"[1]。这次大会最重要的成果是邓小平在开幕式上的发言——《在中国文学艺术工作者第四次代表大会上的祝词》,它被认为是"具有纲领性质,是这次大会具有里程碑意义的主要标志"[2]。对于当时的中国的文学艺术界而言,完全可以理解他们对"四大"和《祝词》所抱有的热切期望和高度评价,因为邓小平在《祝词》中对"文艺黑线"的否定、对"十七年文学"成就的肯定、对1976年以来文学新变动的支持,不仅为主流文学界肃清长期"左"倾余毒提供了政治支持,也对刚刚过去的三年文学成就给予了认可。

但是,如果我们回过头把它放在历史的"上下文"中来

---

[1] 朱寨主编:《中国当代文学思潮史》,人民文学出版社,1987年,第562页。
[2] 朱寨主编:《中国当代文学思潮史》,人民文学出版社,1987年,第563页。

审视,就会发现问题并非这么简单。实际上,邓小平的《祝词》重点是放在"拨乱"上面,而且,它在给"新时期文学"予以"准入"的同时也设置了一些限定词,也就是说,它同时也对"新时期"文学进行了有利于"自身利益"的"规划"。这种规划涉及方方面面,具体体现在两点,首先是检验文学的标准,其次是文学的内容和功能。请看《祝词》中的这两段话①:

> 对实现四个现代化是有利还是有害,应当成为衡量一切工作的最根本的是非标准。文艺工作者,要同教育工作者、理论工作者……相互合作,在意识形态领域中,同各种妨害四个现代化的思想习惯进行长期的、有效的斗争。
>
> 我们的文艺,应当在描写和培养社会主义新人方面付出更大的努力,取得更丰硕的成果。……要通过这些新人的形象,来激发广大群众的社会主义积极性,

---

① 邓小平:《在中国文学艺术工作者第四次代表大会上的祝词》,《邓小平论文艺》,人民文学出版社,1989年,第5、6页。

推动他们从事四个现代化建设的历史性创造活动。

如果我们把这两段话和毛泽东的《讲话》比较来看,就会发现其中的微妙关系。虽然用"四个现代化"标准替换了"政治标准",用"社会主义新人"替换了"工人、农民、战士",用"为现代化建设服务"替换了"为工农兵服务",但在内在的文学理念和文化思路上两者如出一辙。这种理念就是要打造或者说设计一个"国家文学"或者说"新社会主义文学"(与毛泽东时代的社会主义文学相区别),这种"国家文学"的中心不在于"文学",而在于"国家"和"社会主义",只有与"社会主义国家"的思想、政治、禁忌保持一致,才可能得到其最终的认可。

由此出发我们可以洞察到1980年代中国文学/文化的复杂性。"四大"以后,"写社会主义新人"成为"主流文学"

实现其自我调整的原则和方向。① 从表面上看,邓小平的文学"规划"似乎取得了某种共识。但是在1983年左右,随着"人道主义与异化"和"现代派文学"讨论的深入,这种共识出现了分裂。毋庸置疑,"现代派文学"的讨论对新时期文学的重构产生了很大的冲击,但是,如果从构建"新人"话语这个角度看,"人道主义讨论"似乎更具有阐发的价值。程光炜在《"人道主义"讨论:一个未完成的文学预案》里面已经充分讨论了人道主义话语对于建构"新时期文学"的作用和遗憾。② 我感兴趣的倒不是"人道主义"究竟有没有"完成",我想追问的是,作为与邓小平"社会主义新人"不同的一种"文学规划",这两者究竟在什么程度上构成各自的"特征"? 在我看来,抽除掉它们内容上的区别,最重要的分歧在于他们提出问题的"空间视野"相去甚远。

---

① 如1981年《人民文学》在其第4、5、6、8期上刊发了一组"创作谈",其中包括王润滋的《愿生活美好》、雷达的《在探索的道路上》、廖俊杰的《着力刻画农村社会主义新人的形象》、陈骏涛的《新人形象塑造谈片》、刘心武的《写在水仙花旁》、蒋子龙的《回顾》、阎纲的《写"新"乱弹》、马畏安的《家好赖自个儿当了》等。这些文章都围绕一个中心展开,那就是"写新人"问题。

② 程光炜:《"人道主义"讨论:一个未完成的文学预案》,《南方文坛》2005年第5期。

程农在《重构空间:1919年前后中国激进思想里的世界概念》[①]一文中认为,在1919年前后,因为马克思主义的传播,国人重新构造了一个"世界"概念,激进势力利用这种思想资源消解了"民族国家"的合理性,从而成功地把"启蒙"问题转化为"救亡"问题,因为在激进势力看来,中国的问题并不能在一个民族国家内部解决,而是要放在整个世界资本主义体系中才能解决。程文给我们的启发是,空间观念的转移和重构实际上深刻影响着国人认知问题的方式和方法。这同样体现在1980年代的文学(文化)规划之中。从1979年邓小平提出"社会主义新人"到1983年周扬提出"马克思主义的异化"问题,一个空间视野的转换清晰可见。在邓小平的视野里面,"新时期文学"是对"十七年文学""社会主义现实主义文学""革命现实主义文学"的继承和延续,即使上溯得再远一点,也不过是"五四"革命文学的后裔而已。在此,作为"普遍"意义上的"人的文学"

---

① 程农:《重构空间:1919年前后中国激进思想里的世界概念》,《二十世纪中国思想史论》,许纪霖编,东方出版中心,2000年,第253页。

是被排斥在外的,他所关切的,依然是通过强调"中国"这一空间位置的"特殊性"而试图延续甚至强化"新时期"文学的"特殊性",这一特殊性,也就是上文所提到的一种新的"国家文学"。

其实在 1979 年,这种分歧基本上没有显露出来,在"四大"上周扬做的长篇报告《三次伟大的思想解放运动》[1]同样是用一种"纵向"的视野把"五四运动""延安整风"和"思想解放运动"贯穿起来,这与邓小平的眼光没有什么不同。但是在接下来兴起的"人道主义与异化"问题的讨论里面[2],周扬恢复了作为一个理论家的敏感,他从"异化"的角度讨论马克思主义中的"人道主义",其视野已经由"纵向"转为"横向",从"中国"转向"世界",他不再把"人"的问题仅仅理解为是中国语境中的"特殊性问题",而是通过对马克思"异化"观念的阐释将其"普遍化",如此一来,"社会主义新人"就被一个更本质化、更具有普遍世界意义上

---

[1] 周扬:《三次伟大的思想解放运动》,《中国当代文学史·史料选》,洪子诚编,长江文艺出版社,2002 年,第 584 页。

[2] 周扬:《马克思主义与人道主义的关系》,《中国当代文学史·史料选》,洪子诚编,长江文艺出版社,2002 年,第 721 页。

的"人"所代替,在这种"方案"里面,新时期文学面临的诸多问题(文艺与政治、文艺与生活等等)已经不能"内部消化"了,而是需要在"世界文学"的发展格局中予以"解决"。在这个意义上,我认为后起的"新启蒙"者们可能都低估了周扬的"先行"意义,如果没有这样一个"视野"的转换和"空间"概念的重构,后来的"走向世界"以及"援西入中"可能就没有那么理所当然。①

这种空间概念的转换实际上暗示了1980年代不同势力对文学的理解和期待。在此历史进程中,1983年是一个值得讨论的关节点。"人道主义与异化"的讨论以及同时期关于"现代派文学"的讨论很明显地偏离了邓小平在"四大"上所设定的"文学地图","清除精神污染运动"和对周

---

① 虽然甘阳等人夫子自道地认为1985年左右的美学热纯粹出于学术上的冲动,而且一开始就立足高远,但他也不得不承认,没有整个1980年代的"人文氛围",他们至多不过是自赏于书斋而已。而这一人文氛围,与"人道主义的大讨论"密切相关。见查建英:《八十年代访谈录》,《甘阳访谈录》,生活·读书·新知三联书店,2023年,第166—245页。

扬的批判①由此而展开,早在1981年邓小平就指出:"特别是文艺问题……我认为是存在着涣散软弱的状态,对错误倾向不敢批评,而一批评就有人说是打棍子。""一句话,就是要脱离社会主义轨道,脱离党的领导,搞资产阶级自由化。""这样的作品(指《苦恋》)和那些所谓'民主派'的言论,实际上是起了近似的作用。"这些论述和批评所传达的信息是,文艺固然要思想解放,但必须是有限度的。虽然这种限度在当时有些模糊和含混,但有一点是不容置疑的,那就是,文艺如果要发展,要解决自己的问题,仅仅在"社会主义"和"中国"的意识形态之内来讨论不仅禁忌重重,而且很容易跌到一些非常低水平的话题中去(如文艺与政治,文艺的功能和目的等等)。因此,如何在规避这些问题的同时把文艺引向一个更高更全面的层次在当时成为一个迫切的问题。也正是在这样的历史的谱系中,"本体论"

---

① 胡乔木对周扬的批判主要就集中在周扬将"人道主义"世界观化这一点上。胡乔木强调的依然是人道主义(人的话语)的特殊性,即所谓的社会主义人道主义,反对周扬把"人"普遍化。参见胡乔木:《关于人道主义和异化问题》,见洪子诚编《中国当代文学史·史料选》,长江文艺出版社,2002年,第738—776页。

"主体论"等粉墨登场,成为"反思"或者"应对"新时期文学各种"问题"的"妙药良方"。

从1983年起,刘再复开始致力于构建一个以"人"为思考中心的文学批评和理论体系,这些文章包括《性格组合论》《文艺研究应该以人为中心》《文学的主体性》以及《新时期文学十年主潮》。刘再复在这些文章中继承了周扬的视野和眼光,以"世界"的而非"中国"的空间概念来重新放置"人",建立一套"文学"的同时也是"人学"的观念。正如伊格尔顿在论述新批评在英国的兴起时所评价的那样:"认为存在着一种名叫艺术的不变事物,存在着一种名叫美或者美感的可以孤立存在的经验,这一看法在很大程度上是我们已经提到过的艺术脱离社会生活这一现象的产物。""美学的作用在于消除这种历史差异。艺术已从总是蕴含着艺术的物质活动、社会关系和思想意义中提取出来,然后被提升到一种孤立的偶像地位。"[1]我们当然不能说刘

---

[1] [英]特里·伊格尔顿:《文学原理引论》,中国艺术研究院马克思主义文艺理论研究所外国文艺理论研究资料丛书编辑委员会编,文化艺术出版社,1987年,第25页。

再复的所建构的"主体论"体系因为对"政治压力"的规避就脱离了当时的社会生活,但是它的出场也的确是某种美学上的"分身术",唯其如此,一种不同于"新社会主义文学"的"规划"才能在与政治的松绑中(虽然是表面上的)获得生存的间隙,并在适当的时机遵循"输者为赢"的原则,获得广泛的共识和认可。① 至于刘再复的理论究竟与新时期文学/文化构成何种复杂纠缠,是我们在下文需要深入讨论的问题。

二、"主体论"与"新时期文学"的"传统"

正如上文所叙述的,自"新时期文学"发生以来,各种力量就参与着对它的"规划"和"建构",这一过程也是一个不断将自我"历史化"的过程。这种"历史化"不仅肩负着为"新时期文学"命名、定位的重任,也通过这种"命名"为

---

① 贺桂梅在《人道主义思潮及其话语变奏》里对此有深入的讨论,她认为:"如果说在马克思主义话语内部,关于人的观念的讨论由于与作为国家意识形态的正统马克思主义发生了冲突而被强行压制下去,那么新启蒙主义思潮则避开了与国家意识形态的正面冲突而成功转换为80年代的新主流意识形态和常识。"见贺桂梅《人文学的想象力》,河南大学出版社,2005年,第80页。

"新时期文学"构建自己的"传统"。大致来说,这种"历史化"过程有三个关节点,一是1979年"第四次文代会"的召开,一是1985年左右的《新时期文学六年》的成书并出版,一是1984到1986年刘再复的《文学的主体性》等论著的发表。

在"新时期文学"展开三年后的1979年,邓小平就在"第四次文代会"的《祝词》中这样评价此前三年的文学:"短短几年里……已经出现了许多优秀的作品,这些作品对于解放思想,振奋精神,鼓舞人民同心同德,向四个现代化进军,起到了积极的作用。回顾三年来的工作,我认为,文艺界是很有成绩的部门之一。"[1]这一段话虽然"表态"的意思比较突出,实际上也是给这三年的文学予以"定性",这一性质在朱寨的《中国当代文学思潮史》里面有非常清晰的表述,即"革命现实主义文学传统的复苏"[2]。紧接着这种思路对"新时期文学"进行"历史化"的是另外一本著

---

[1] 邓小平:《在中国文学艺术工作者第四次代表大会上的祝词》,《邓小平论文艺》,人民文学出版社,1989年,第4页。

[2] 参见朱寨主编:《中国当代文学思潮史》,第十一章第一节"文学的解放和革命现实主义传统的复苏",人民文学出版社,第522页。

述,那就是社科院主编的《新时期文学六年》。在这本著作里面,对"新时期文学"是如此定位的:"新时期文学六年作为新中国文学的继续,作为社会主义文学在七十年代和八十年代之交的复兴,……不仅是我们社会主义文学最繁荣的时期,也是六十年来我国新文学发展最为波澜壮阔的时期。"[1]在这里,"新时期文学"不仅被"放置"于社会主义文学的"传统"里面,而且被想当然地上溯到"新文学"的传统里。

从1979年的"革命现实主义传统"到1983年的"社会主义文学传统"以及"新文学"传统,对"新时期文学"的这种"历史定位"固然昭示了主流文学在当时的主流倾向,但是,它实际上是建立在对一些"异端"声音的排斥之上的,比如,在这样一个传统里面,包括《晚霞消失的时候》《波动》《苦恋》《在社会档案里》等一部分作品就无法被涵括进去。这种对"新时期文学"的"历史化"和1983年左右开展的"清除精神污染运动"以及对"人道主义讨论"的批判等

---

[1] 中国社会科学院文学研究所编:《新时期文学六年》,中国社会科学出版社,1985年,第7页。

文化思想运动相互应和,构成了主流意识形态对文学施加"管理"和"规训"的重要力量。

与前面两次不同,刘再复从1983年开始构建的"主体论"和"主潮论"显示了一个非常开放的视野。在1985年初版的《性格组合论》的导论①里面,刘再复构建了一个庞大的理论坐标,这一坐标以"文学即人学"这一观念为横轴,以从古希腊到中国现代文学乃至新时期文学的"世界文学"为纵轴,以"文学/人学"为讨论的"原点"。通过这样一个坐标体系,刘再复把"新时期文学"纳入"世界文学"这一空间里面予以讨论和定位,并利用一组二元对立的概念(个人/集体、内宇宙/外宇宙、精神性/实践性)成功地把中国"新时期文学"从"社会主义文学传统"里面置换出来,命名为"艺术本性的失落与复归激烈斗争的历史"②"(新时期的作家)是一些具有历史使命感的新人,他们通过对自我的肯定,不仅赢得了个人心灵的安宁和尊严,赢得自我的实

---

① 刘再复:《性格组合论》,导论,第3—29页,安徽文艺出版社,1999年。
② 刘再复:《性格组合论》,导论,第4页,安徽文艺出版社,1990年。

现,而且赢得人的本质的实现,即通过对自我的肯定达到对人的本质的占有。"①刘再复的这种"世界视野"和"问题观念"在当时迅速就引起了注意,在一篇文章中,有人敏锐地指出:"如果仅仅从一种文学的定义角度来理解这个问题,就会显得过于偏狭了。在一种新的美学层次上,'文学是人学'所体现出的实践意义,更引人注目的是它在思考方式和方法论上的整体性含义。人,不仅作为文学表现的对象,而且是作为熔铸了各种生活内容的整体性概念的观照物,必然凝结着整个生活的丰富含义"②。刘再复对此更是有自知之明:"不仅一般地承认文学是人学,而且要承认文学是人的灵魂学,人的性格学,人的精神主体学。"③

刘再复如此苦心孤诣地经营的"主体论"体系自有其复杂的倾向,它既可以被纳入1983年开始的"新启蒙"运动之中,并与随后的"文化热"一脉相连;另一方面,它所构建

---

① 刘再复:《性格组合论》,导论,第28页,安徽文艺出版社,1990年。

② 殷国明:《应该冲破僵化的、封闭的文学批评方法模式》,《文学评论》1985年第3期。

③ 刘再复:《论文学的主体性》,《文学评论》1985年第6期,第13页。

的"个人"观念祛除了毛泽东时代的人的"阶级属性",并在80年代强大的"现代化话语"的庇护下获得了其合法性。诸此种种复杂纠缠,已经有学者作了充分的讨论。[①] 在这里我们依然回到文学史的场域里来继续追问,刘再复的"主体论"究竟与"新时期文学"构成何种关系?"主体论"与重构"新时期文学"的传统有何内在关联?

要回答上述问题需要对"主体论"的理论资源进行一次简单的梳理。如果仅仅从《论文学的主体性》这篇文章来看,刘再复知识谱系上的"十九世纪"立场似乎一目了然,这从该文的注释[②]可以看出来,在不到50个注释里面,席勒、黑格尔、卢梭、狄更斯、车尔尼雪夫斯基的著作以及对他们著作阐释的著述占了绝大部分[③]。这一知识立场不仅在当时遭到"批判"[④],即使在今天都成为研究者"诟病"的

[①] 贺桂梅在《人道主义思潮及其话语变奏》一文里对此有深入的讨论。

[②] 刘再复:《论文学的主体性》,《文学评论》,1985年第6期,1986年第1期。

[③] 如席勒的《审美教育书简》、卢梭的《忏悔录》、黑格尔的《逻辑学》、勃兰兑斯的《十九世纪文学主流》等等。

[④] 陈燕谷、靳大成:《刘再复现象批判》,《文学评论》1988年第2期。

理由。但问题绝非如此简单，如果我们放宽理论的视界，把刘再复的整个学术活动纳入考量的范围，就会发现一个更内在的也是更具有本质意义的理论资源，那就是鲁迅。也就是说，要理解刘再复的"主体性"，就必须讨论鲁迅对于新时期文学传统重构的意义。

一个不容忽视的现象是，包括刘再复在内，80年代最有成就的一批学者里面，以研究鲁迅成名的占了一个非常大的比例，这固然是新中国成立以来鲁迅作为现代文学学科研究中的"显学"传统有关，但从另一个角度来看，实际上也暗示了鲁迅在"新时期文学"建构中具有无可替代的重要地位，只有通过鲁迅，"新时期文学"的传统才能获得最大的"合法性"。但是，鲁迅作为中国新文学最"神圣"的起源包涵复杂，究竟在何种程度上"想象"鲁迅是"新时期文学"自我定位、命名的重要前提。日本学者竹内好在其《鲁迅》以及《何为近代》等著作里面提出了这样一种观点，他认为近代以来，在西方现代化强势话语影响下，亚洲国家主动或者被迫卷入现代化的进程中。但是，一种现代的"主体性"却并不会自动生成，只有在"抵抗"中才会产生真正的"主体",而鲁迅则是这种抵抗的代表,竹内好将之称为"鲁迅式"的抵抗或者说"亚洲"的抵抗。① 80年代中国的鲁迅研究与竹内好的这种思路非常相似,②这从当时"流传甚广"的几本著作就可以看出,比如汪晖的《反抗绝望》、钱理群的《心灵的探寻》,他们都不约而同地把鲁迅重新塑造为一个"掊物质而张灵明,任个人而排众数"的"反抗者"形象。刘再复同样如此,他在1980年左右完成《鲁迅美学思想论稿》一书,此书虽然以探讨鲁迅的"美学"思想为主,但实际行文中却着力塑造鲁迅"斗士"的形象,不过是把毛泽东时代的"为革命而斗争"变成了为"真善美"而斗争。③ 重

---

① ［日］竹内好:《近代的超克》,参见孙歌的《代译序:在零和一百之间》,生活·读书·新知三联书店,2005年。需要特别指出的是,竹内好是在一个全球化的视野中提出这一观点的,在这里笔者只是把他的观点作为思考的一个方向,并不代表刘再复的主体论已经达到了竹内好所思考的高度。

② 这里需要特别指出的是,竹内好的《鲁迅》在中国最早的译本应该是李心峰1986年浙江文艺出版社版本,按照这样的时间来看,刘再复在写《鲁迅美学思想论稿》时应该没有受到竹内好的"影响"。

③ 参见刘再复:《鲁迅美学思想论稿——关于真善美的思考和探索》,可举一例:三十年代鲁迅曾对朱光潜所倡导的"静穆"的美学观颇有微词,但实际情况是鲁迅不过是在几篇杂文里面稍微提到了他的反对意见,而在刘再复的研究中,这种"反对"被无限放大了,参见该书第382—401页。中国社会科学出版社,1981年。

要的是,刘再复不是把鲁迅仅仅作为一个"研究对象",而是当作精神和灵魂上的"导师"。在这本书的"跋"里,他说:"在整个生活的领域,我又把鲁迅作为自己的导师,作为启迪我灵魂的智慧之星。……我思考社会人生的一切,常常想起鲁迅对这一切的见解,本能地想到了他的支持。"①实际上,刘再复甚至认为自己思考建构"主体论"体系也来自这位先行者的"启发"和"驱使"。② 无论这些"自我述说"带有多么不可知的"个人体验",鲁迅作为一个巨大的"影响源"实际上构成了刘再复理论的一个潜在文本,如果我们把《论文学的主体性》与鲁迅的《文化偏执论》和《摩罗诗力说》对比来看,就会发现两者在知识立场、文化思路甚至行文风格上惊人的"相似"。

因此,如果把"主体论"归入一个宽泛的"五四"的"启蒙主义文学"传统可能过于轻率,刘再复的"主体论"当然

---

① 刘再复:《鲁迅美学思想论稿——关于真善美的思考和探索》,"跋",中国社会科学出版社,1981年。
② 在《性格组合论》的"自序"里面,刘再复这么说:"面对辉煌的夜天,想起了鲁迅,想起了这位伟大而深邃的求索者的许多像星光闪烁的思想,顿时,有一种奇异的东西在我身上颤动,奔突,呼唤,我意识到这是一种继续创造的欲求在我胸中燃烧。"

与"五四"有着割不断的联系,但是,有两点值得注意:首先,五四的启蒙文学并不是一个统一的整体,而是有着各种复杂的构成;其次,经过近 60 年的历史流变,尤其是经过了毛泽东时代全方位的"革命"规训,一个原生态意义上的"启蒙文学"还存在吗?对于前者而言,"人的文学"作为"五四启蒙文学"的核心命题,它本身就是多元分裂的,既存在着一种"鲁迅式"的作为"反抗者"的"人的文学",另一方面还存在着一种周作人或者沈从文式的"人的文学",这种文学并不诉诸与历史的"摩擦",而更倾向于"调和",在这种"摩擦"不可避免的时候,他们甚至选择极端的方式来回避"摩擦"和"反抗"。[1] 因此,在严格的意义上来说,刘再复通过"主体论"所构建的新时期文学传统,是以鲁迅为代表的"五四"文学中激进主义的传统,在这一点上,刘再复回到了他所想象或者构建的"鲁迅"和"五四",同时,也为"新时期文学"的"历史化"提供了最强大的"意识形态"支持。但更吊诡的是,当刘再复在《新时期文学十年主潮》里

---

[1] 王德威:《世俗的技艺》,《当代小说二十家》,王德威著,生活·读书·新知三联书店,2006 年,第 311 页。

面宣布"整个新时期文学都围绕着人的重新发现这个轴心而展开","社会主义人道主义的观念与'阶级斗争为纲'的观念的冲突将是本世纪文学领域中最基本的文化撞击"[①]的时候,我们似乎隐隐约约看到了某种毛泽东的文艺思想隐含其中,实际上,从鲁迅到毛泽东到 80 年代的"主体论",虽然"主体"的内涵分歧巨大,但就以"反抗"和"斗争"作为其实现的方法论而言,实在是有极大的历史相似性。

三、"主体论"批判与"新时期文化(文学)"的等级划分

"主体论理论"一俟发表,立即在圈里圈外产生了某种轰动效应。正如一篇文章用略带夸张的语气所说:"主体论理论这样一种重要的文化现象的产生,如果无声无息毫无影响,那就说明我们这个民族已经无药可救了。事实上,它所提出的问题逼迫每一个人从各自的立场出发对它做出

---

① 刘再复:《新时期文学的突破和深化》,《人民日报》1986 年 9 月 8 日。

反应:赞成、否定、支持、反对。"①在面对这样一种被誉为"我们时代的文学理论"的"庞然大物"的时候,对它的否定和批判似乎更能展现80年代文化(文学)的复杂性,因此,本节将重点讨论对"主体论"的批判,并希望由此能够管窥这些批判背后的知识立场、美学趣味以及"西学话语"在80年代中国知识界所构建的知识"等级体系"。

大致来说,对"主体论"的批判主要来自两个方面,一方面来自正统马克思主义意识形态阵营,主要有陈涌和敏泽②,另一方面来自"新启蒙知识分子"内部,主要是陈燕谷的《刘再复现象批判》以及一些更年轻学者的有关言论。因为80年代"新启蒙"已经借助反主流意识形态的"姿态"成为最强大的"意识形态",所以,来自正统马克思主义阵营的批判并没有引起多少"反响",而是遭到了知识界"理所当然"的鄙夷,甚至陈燕谷在批判"刘再复现象"的时候

---

① 陈燕谷、靳大成:《刘再复现象批判》,《文学评论》1988年第2期。
② 陈涌的文章《文艺学方法论问题》发表于《红旗》1986年第6期。敏泽的文章《文学主体性论纲》发表于《文论报》1986年10月11日。

只是以不点名的方式"稍带攻击"了一下陈涌的观点。

我更感兴趣的是来自"新启蒙"阵营内部的不同声音。陈燕谷的长文《刘再复现象批判》主要分为两大部分：一是现代文化性格批判，二是主体性理论批判。从陈燕谷的文章逻辑来看，上述两个问题实际上是"一体两面"，虽然刘再复拥有现代性格的某些方面如怀疑精神、批判精神、积极参与的文化意识，但是"作为现代文化性格的核心部分，即文化观念的哲学基础——新的世界观、新的历史观等，却还没有与那些宝贵的素质共同诞生"。正是因为缺少这种"属于二十世纪的感觉、情绪和理想人格"，所以在陈燕谷看来，刘再复所秉持的古典人道主义立场并没有完成真正意义上的"个人"解放的问题，而是回到了"杜甫的载道传统"里面去了。正是在这个意义上，陈燕谷批判刘再复把"主体性"预设为一个先验的形式，并警告这种预设只会带来一种新的"统治关系"。从某种意义上讲，陈燕谷的批判非常中肯和到位。在上文我们已经分析过，刘再复的"主体论"实际上把"新时期文学"纳入了一个激进主义的文学传统中，这种文学的"载道"性质显而易见，实际上，刘再复虽然有一个"世界"的视野,但这种视野却始终没有超出"古典世界"的范围,这也正是陈燕谷认为他没有任何"二十世纪情绪"的重要原因。陈燕谷正是在此意义上指出了刘再复主体论的"过渡性质"和"危险性"。说"过渡性质"是因为刘再复的主体论理论虽然把"人"从毛泽东时代的阶级属性里面解放了出来,却依然停留在抽象的"集体"人格之中。说"危险性"的原因在于,刘再复的"主体理论"可能会成为一种新的威权话语,并对80年代文学的多种可能性形成某种限制。

其实,作为李泽厚"主体论"美学的通俗版本,刘再复"主体论"的所谓"局限"在当时已经非常明显。一个青年学者在对李泽厚的批判中指出:"我与李泽厚的分歧可以归纳如下:在哲学上、美学上,李泽厚皆以社会、理性、本质为本位,我皆以个人、感性、现象为本位;他强调和突出整体主体性,我强调和突出个体主体性。[①]"该青年学者在这里强调的所谓"个体主体性",正是陈燕谷等人一再强调的

---

① 刘晓波:《与李泽厚对话——感性·个人·我的选择》,《中国》1986年第10期。

"二十世纪的情绪"。正是因为基于这种立场,他根本就不认同刘再复在《新时期文学主潮》里面对新时期文学做的判断,在他看来,只有通过一种新的审美才能使个人获得真正的主体性自我(个性和自由)。①

讨论这些批判并不是为了得出一个谁更"正确"的结论,正如有的学者所担心的,从结果方向上溯历史,进而裁决当年是容易的,但是这样做并不具有研究上的生产性,有可能使刚刚开始呈现的问题被消解掉。② 因此,对于"主体性"理论及其批判这些同样都投身于80年代历史进程的选择,继续追问它们背后所隐藏的问题就显得尤为重要,其中最重要的一个问题是,刘再复所使用的那一套"知识体系"与陈燕谷等人所使用的"知识体系"构成何种历史关系?

实际上,虽然刘再复和他的批判者所使用的都是来自

---

① 参见刘晓波:《一种新的审美思潮》,《文学评论》1986年第3期;《冲突与和谐》,《北京师范大学学报》1986年第4期;《审美与超越》,《文学评论》1988年第6期。

② 这是孙歌在讨论竹内好的思想意义时所表达的意思,原文是:"在今天这个时刻,从结果反向上溯历史,进而裁决竹内好当年的失败是容易的,但是这样做并不具有思想史的生产性——把一切都归结为竹内好的错误,有可能使刚刚开始呈现的问题被消解掉。"见孙歌编《近代的超克》,第13页。

"西方"的知识,但是,这些"知识"之间的地位却并不是平等的。这不是说这些"知识"在西方是不平等的,而是说他们经由"西方"向"中国"这一层位移以后变得不平等了。80年代"知识"的这种等级体系体现在两个方面:首先是"人文知识"和"非人文知识"之间,在这一点上,"新启蒙"的干将甘阳认识最为深刻。甘阳曾经说过,在80年代中期,许多治经济、法律等方面的专家都已经取得了很大的成果,但是他们的成果在当时并没有受到重视,而是一直到90年代才得以浮出水面。更有意思的是,包括《人论》在内的因为内容涉及科学分析哲学的"人文知识"也同样遭到冷落和误读,至于它在80年代的畅销,不过是因为占了"人道主义"的光罢了[1]。"人文知识"内部的等级性也非常明显,李泽厚、刘再复所代表的理性的、社会的人道主义话语和陈燕谷、甘阳等人所代表的非理性的、高度个人化的话语之间的地位也是不平等的。在后者看来,传统的"人道主义"话语不仅是过时的,而且只是一种"自我欺骗"的幻觉,

---

[1] 查建英:《八十年代访谈录》,生活·读书·新知三联书店,2006年,第166—245页。

即使在稍微理性一些的甘阳看来,刘再复的理论也不过是在一个很低的层面上讨论问题[1]。在这里,普遍的"知识"被转换为一种权力关系,谁掌握了更先进的"知识",谁就可以对(中国)现实发言,同时指责对方的"知识"或理论已经"失效"。西方知识的内部发展脉络和谱系并没有得到有效的清理,而是想当然地用一种简单的"时间先后"作为"进化"的依据,在这种理念中,"存在主义"肯定比"浪漫主义"先进,"垮掉的一代"肯定比"现实主义"更"高级",自然而然,"现代派"和"先锋文学"就是一种比"伤痕文学""反思文学""改革文学"更高层次的文学。陈燕谷非常惊讶的是,当一匹"黑马"向刘再复的理论开火的时候,他竟然不知所措,似乎没有反击的能力[2],其实原因就在于刘再复的"主体论"本身就建构在一种知识等级链条之中,他自然无法反抗这种"进化"的宿命。

从这里可以看出,"主体论"的提出者和批判者的目的

---

[1] 查建英:《八十年代访谈录》,生活·读书·新知三联书店,2006年。

[2] 陈燕谷、靳大成:《刘再复现象批判》,《文学评论》1988年第2期。

并不仅仅是为了新时期文学的"主体"建构,它同时回答并试图解决的另一个问题是,"谁"通过掌握"何种话语(知识)"来领导社会主义中国的文化和意识形态?刘再复试图通过文学这一媒介重新确立"知识精英"("知识"的掌握者、传播者)的领导权地位,虽然他的批判者们所秉持的知识立场并不相同,但是,在精英知识分子凭借知识权力领导社会主义文学(文化)这一点上他们却并无二致。所谓"新时期文化/文学"的等级体系不过是知识权力在文化上的镜像罢了。

四、结语:"主体论"的"历史宿命"

文化/文学的等级体系因为有"西学"的支撑在80年代显得不言自明。但是也恰好是在这里暴露了80年代知识分子的"精神内伤"。对于他们而言,"西方"始终是一个不用怀疑的真理体系,是一个外在于历史的"本质化"的实体概念,在处理"中国"和"世界"(西方)的关系上,他们天然设定了一种"附着"和"追随"的关系。

对"世界"(西方)的这样一种认知使80年代的中国知

识分子不仅始终外在于"世界"(西方),也始终外在于中国(自我),更严重的是,知识分子除了不断地以更加激进的方式"反抗"和"断裂"之外,并没有建立一套真正可以解释自我、言说自我的知识伦理体系。正如一个学者所指出的:"80年代我们开始绕不过尼采,后来绕不过康德,再后来绕不过海德格尔,再后来施密特绕不过,施特劳斯也绕不过。每一个人我们都绕不过,到后来我们自己的经验就完全被放逐了。我们没有自己的这样一种讲述自己故事的语言。"①

在2007年的一篇文章里面,甘阳重新梳理了新时期以来中国的知识场域,他说:"直截了当地说,在改革已经成为社会主流意识形态以后,中国知识文化场域相对自主性的首要问题就在于,必须避免使知识文化场域完全服从于改革的需要,防止知识文化场域成为单纯为改革服务的工具,尤其必须避免以是否有利于改革作为衡量知识文化场域的根本甚至唯一标准和尺度。不然的话,知识文化场域

---

① 见王鸿生在"《全球化时代的文化认同》讨论会"上的发言。见罗岗等《普遍性、文化政治与"中国人"的焦虑》,当代文化研究网(http://www.cul-studies.com)。

就会纯粹成为改革意识形态的喉舌和工具,失去其自主性。"①正如甘阳所担心的,在"知识文化场域完全服从于改革的意识形态"的情况下,一旦改革的意识形态以强硬的态度"反对"知识分子关于社会主义中国改革的"规划"的时候,历史的"终结"在瞬间"生成"。所以,当80年代那场"非如此不可"的"伟大进军"(昆德拉语)受挫以后,人文知识分子要么哑然失语,要么立即摇身一变,成为新的意识形态(市场经济和强权政治)的忠实信徒。市场经济和大众文化给了80年代知识分子的"知识"和"想象"一记响亮的耳光,从"主体论"到"人文精神讨论",一个不争的事实是,我们关于"人"的言说越来越软弱和无力,一个"新人"和"新的文学"图景也显得遥遥无期,从这个意义上讲,无论是"主体论"还是对它的批判都是一次不太彻底的与历史的"摩擦"和"互动"。

做出这样的判断并非为了昭示"主体论"以及它的参与者的"失败",这种"不彻底性"也可能恰好是它吸引人的

---

① 甘阳:《十年来的中国知识场域》,原载《二十一世纪》,转引自当代文化研究网。

地方,因为"历史并非空虚的时间形式,如果没有无数的为了自我的确立而进行的殊死搏斗的瞬间,不仅会失掉自我,而且也将失掉历史"①。实际上,"主体论"的历史命运不仅是中国的"宿命",可能也是在整个现代化进程中东亚甚至亚洲的"宿命"。②"只有在这种不断的自我更新和替代的紧张中,它顽强地保存着自我。"这正好呼应了我在文章开头所提出的问题,可能"新世纪(文学)"对"新时期(文学)"的终结正是历史"保存"自我的一种方式,在这种逻辑中,包括"主体性理论"在内的新时期文学(文化)才会成为一个永不衰竭的"生产性"话题。

---

① [日]竹内好:《何谓近代》,《近代的超克》,孙歌编,生活·读书·新知三联书店,2006年,第183页。

② 竹内好在《何谓近代》一文中曾经以中国和日本为例讨论日本的"近代化"过程,原文如下:"在欧洲,当观念和现实不调和(矛盾)的时候(这种矛盾是必然要发生的),便会发生一种倾向,在试图超越这一矛盾的方向上,也就是通过张力场的发展求得调和的。于是,观念本身亦将发展。但是在日本,当观念和现实不调和的时候(这种调和因为不产生于运动,故不具有矛盾性格),便舍弃从前的原理去寻找别的原理以做调整,观念被放置,原理遭到抛弃。文学家将舍弃现有的语言去寻找别的语言。他们越是忠实于所谓学问所谓文学,便越热衷于舍旧求新。"通过这段论述我们发现"日本"的情况与中国的情况有着惊人的相似性。见孙歌编《近代的超克》,第198页。

从两个选本谈"第三代诗歌"的经典化

一、次序和数量:等级划分中的诗歌史分野

"第三代诗歌"已经过去近二十年,在对这样一段诗歌史进行写作和研究的过程中,有很多文学史家都认识到这样一个问题[①],那就是,与以往的诗人不同,"第三代诗人"表现出一种强烈的诗歌史意识,以各种方式(批评、选本、论争等等)参与到对当代诗歌史的叙述和构建中去,由此影响了对诗歌史秩序的认定和规划。"第三代诗歌"最早

---

① 有关这方面的论述参见程光炜《一个被发掘的诗人》(载《新诗评论》2005 年第 2 辑)、洪子诚《当代诗歌史的写作问题》(洪子诚:《文学与历史叙述》,河南大学出版社,2005 年)。

的两个选本,徐敬亚、孟浪等编选的《中国现代主义诗群大观 1986—1988》[①](以下简称《大观》)和唐晓渡等编选的《中国当代实验诗选》[②](以下简称《实验诗选》)在这方面表现得比较突出和典型,为此,我将通过对入选诗人(诗群)的排序和入选诗作数量的多少来进入这个话题。

在《大观》洋洋三大编的编目中,最引人注意的可能就是各入选诗群/个人前面所冠的地名了。这样一份文学地图的描绘,固然是为了展示一种文献学意义上的现场感和诗歌运动策略上的力量感,但由于各地区入选诗群多少的不同以及排序先后的不同而显示了《大观》编者所划分的一种诗歌等级。

《大观》第一编所收入的是"14个具有较大影响和创作成绩的群体"[③]。在这些群体中,按地理区域划分,来自南方的(四川的有非非主义、莽汉主义、整体主义和新传统主

---

① 徐敬亚、孟浪、曹长青、吕贵品编:《中国现代主义诗群大观 1986—1988》,同济大学出版社,1988年。

② 唐晓渡、王家新编:《中国当代实验诗选》,春风文艺出版社,1987年。

③ 徐敬亚、孟浪、曹长青、吕贵品编:《中国现代主义诗群大观 1986—1988》"编后",同济大学出版社,1988年,第563页。

义,江苏的有南京的他们文学社,上海的有海上诗群和撒娇派,浙江杭州的有极端主义和地平线诗歌实验小组,福建有福州的星期五诗群)占了十个,而来自北方的仅有两个(北京的朦胧诗派和圆明园诗群)①。在第二编的"54个在作品或自释方面有一定代表性的群体(个人)"②中,来自江苏的有八个,四川的七个,北京的六个,上海的三个,贵州的三个。在第三编中,属于北方的东北、西北、华北三地区选入诗人二十四人,诗作五十三首,属于南方的华东、西南、中南选入诗人三十四人,诗作九十七首。从这样一个简单的统计数据上,我们可以看出,在《大观》编者的诗歌等级中,南方无论在影响还是成绩上都要优于北方。虽然徐敬亚在这里并没有描述出一种南北对峙的诗歌格局,但《大观》选本的这种编排却无可怀疑地参与并强化了"第三代诗歌"的

---

① 我在前面的论述中已经讨论了作为一个诗歌群体的"朦胧诗派"是徐敬亚们"构建"出来的,而"圆明园诗群"也在其"艺术自释"里也一再表示"他们从一开始就没有形成流派",这里为了统计的方便不作学理上的区分。

② 徐敬亚、孟浪、曹长青、吕贵品编:《中国现代主义诗群大观1986—1988》"编后",同济大学出版社,1988年,第563页。

南方性质①。南方诗歌和北方诗歌在"第三代诗人"的知识谱系中被转喻成两种不同的、从某种意义上说既历时相继又共时相存的诗歌潮流和诗歌写作观念,即南方诗歌所指称的"第三代诗歌"和北方诗歌所指称的"朦胧诗歌"。诗人钟鸣在有些时候毫不含糊地认为"南方诗歌"是在写作中自然呈现的一种倾向,但他在另外的地方又仔细区分了"第三代诗人"和"朦胧诗"的关系。按照他的说法,一部分诗人肯定是受到了朦胧诗的影响,比如王寅、鲁鲁、柏桦、翟永明、欧阳江河等,但另一部分诗人,如陈东东,包括钟鸣自己,就从没有受到过影响②。钟鸣的这种前后显得有些不一致的叙述,更多地暴露了某种"影响的焦虑"。我们可以设想,如果没有所谓的"朦胧诗",可能也不会存在一个所谓的"南方诗歌",因此,"南方诗歌"这一概念的提出不仅仅是对一种创作风格的总结,而且是具有了诗学"政治学"

---

① 值得注意的是《大观》的编者当时都身处南方,徐敬亚、吕贵品在深圳,孟浪在上海,而《大观》的出版社也是在上海的同济大学出版社。

② 钟鸣:《旁观者》,海南出版社,1998年,第685—695、879—881页。

的意味。"南方"包含了边缘、反体制、非中心等一系列隐喻,与此相对的就是"北方诗歌/朦胧诗"所代表的正统、体制化、中心化。按照布迪厄的理论,我们可以说在1985年的新诗场域中,每个参与者都参与着某种争夺,以期改善自己的场域位置,"强加一种对于他们自身的产物最为有利的等级优化原则"①。那么,南方/北方、边缘/正统、反体制/体制化、非中心/中心等一系列二元对立概念的使用和确立,就为"第三代诗歌"的边缘身份赢得了非边缘的等级地位,从而使"第三代诗歌"的诗学空间得到扩充,也就是所谓的"诗的重心自北向南转移"②。

诗歌等级优化的原则不仅体现在诗歌的外围,也体现在"第三代诗歌"内部。在《大观》的第一编中,排序的先后体现了这一原则。徐敬亚在"前言"里有明确的交代:"1985年开始,中国的现代诗分为两大分支:以'整体主义''新传统主义'为代表的汉诗倾向和以'非非主义''他们'

---

① 皮埃尔·布迪厄、华康德:《实践与反思:反思社会学导论》,李猛、李康译,中央编译出版社,1998年,第133、134页。
② 徐敬亚:《历史将收割一切》,《中国现代主义诗群大观1986—1988》,同济大学出版社,1988年,第1页。

为代表的后现代主义倾向。……后者是比朦胧诗群庞大得多的阵容,他们几年的努力,使人感到中国现代诗的巨大潜在力。他们给世界以一种新鲜口吻与方式。中国现代诗主流仍将以此为标志。"显然,在徐敬亚看来,在"第三代诗歌"内部,"非非主义"和"他们"的地位要比"整体主义"和"新传统主义"高,所以在排序时,前者比后者靠前。这里值得注意的倒不是徐敬亚的这种等级区分,而是他赖以区分的标准。在徐敬亚看来,"整体主义"和"新传统主义"之所以没有成为标志,是因为他们的创作"成功尚小",而"非非主义"和"他们"虽然也存在"不成熟的太多,成熟者又往往太草率"的问题,但毕竟"给世界以一种新鲜口吻与方式"①。作品是否成功,是否"新鲜"成为徐敬亚进行等级划分的一个重要标准,在这里我们似乎看到了徐敬亚作为一个"文本主义者"的一面,虽然《大观》并不致力于优秀作品的集结,但对优秀作品的渴望却从这种或许并不客观的等级排序中得到了体现。

---

① 徐敬亚:《历史将收割一切》,《中国现代主义诗群大观1986—1988》,同济大学出版社,1988年,第1页。

《实验诗选》是一个以展示个人作品为主的选本。一般来说,这种共时性的作品集结一般会采用按音序或者笔画来排列诗人,但《实验诗选》没有选择这种方式,而是按照作者所处的地域来排序,对不能进行具体地域划分的则是按笔画来排序。按照这种原则,来自北京的八位诗人排在首位,接下来是来自上海的八位诗人,然后是四川的五位诗人,在这三大区域之后的是按笔画排列的各省诗人,计十位。至于为什么采用这种排列顺序,唐晓渡有过交代:主要是按照入选者所属社团或群体的地域来排序的,依次是北京、上海、四川,因为这是当时几个比较大的"诗歌群落"[1]。如果仅仅是从这一点出发,我们会认为唐晓渡在某种程度上也具有一种泛地域的群体概念,这和徐敬亚他们倒有一些相似。但问题的关键不在这里,而是先北京、后上海、再四川的排列顺序,以及北京入选诗人多达八位的数量优势。虽然唐晓渡一再强调《实验诗选》只是为了展示第三代诗

---

[1] 《唐晓渡谈〈中国当代实验诗选〉》。该访谈录根据笔者 2005 年 12 月电话采访唐晓渡先生的内容整理而得,获得唐晓渡先生的许可后作为"附录"附于笔者的硕士学位论文中,未刊,现存档于中国人民大学图书馆学位论文中心。

歌多元创作的格局,但这种格局并不是"天然的",它也是有层次的,这种层次虽然很难说得上是一种等级划分,但将北京诗人群置于榜首却显示了另一种诗歌史眼光,那就是,北京、上海、四川在"第三代诗歌"的多元格局中至少应该是平等的,甚至要比其他两处的地位要更重要一些。显然,这与徐敬亚所极力凸显的南方诗歌地图是不同的。

值得注意的是,《实验诗选》对于"非非"和"他们"的微妙态度也通过编排的体例表现出来了。在《实验诗选》中,属于"非非"群体的诗人是缺席的,据唐晓渡的访谈,《实验诗选》本来有三卷,后来由于各种原因,第二、三两卷夭折了[1],现在看到的仅仅是当初设计的第一卷。这样的话,即使我们可以认为在第二卷或者第三卷中可能有"非非"诗人们的作品,但将他们的作品不放入第一卷中,也就表明《实验诗选》并不认为"非非"具有不可替代的重要性。对于在《大观》中排在较前位置的"他们",《实验诗选》给了相当的篇幅,虽然于坚和韩东分别排在第二十二位和第三十位(实验诗选一共收入三十一位诗人),这主要是因为他们

---

[1] 《唐晓渡谈〈中国当代实验诗选〉》。

不属于前面提到的"北京、四川、上海"三大区域,他们的重要性是通过入选诗作的数量来体现出来的:于坚选了四首,韩东选了七首。整个选本选了七首的诗人只有陈东东、张真、韩东三人。从唐晓渡一贯的文本主义诗学态度看,这种安排是可以理解的,虽然"非非"和"他们"在"第三代诗歌"中都属于影响很大的群体,但就为"第三代诗歌"提供有代表性的诗歌文本这一点而言,"非非"的贡献远远比不过"他们"。

从《实验诗选》的全部编排体例来看,它的等级划分意图要比《大观》弱得多。虽然入选的诗作数量有所区别,比如最少的诗人是两首,最多的诗人是七首,但是这实际上是受到了出版社印张的限制而不得不进行的压缩,实际上,唐晓渡最初并不想将这种数量上的区别凸显出来。虽然唐晓渡认为"每个诗人的重要性是有所不同的"[1],但《实验诗选》基本上对诗人诗作的等级划分保持了相当谨慎的态度,这种谨慎态度的产生可能来自两个方面的认识。首先是对艺术多元的理解和尊重。它试图展示"第三代诗人在

---

[1] 《唐晓渡谈〈中国当代实验诗选〉》。

或者继承或者背弃朦胧诗人的创作范式时，呈现了多元化的创作格局"①。其次是对诗歌史所需要的时间考验的耐心。毕竟，在1987年，"第三代诗歌"才刚刚浮出历史地表，它是否能在诗歌史中站住脚、是否能留下经典的文本和流派、它最后的艺术归属和发展方向是什么等问题还是模糊不清的，《大观》选本固然用它一贯的"革命"姿态作了一些判断，这种判断在当时固然也产生了一些积极的作用，但它所带来的消极影响甚至一直延续到了90年代末②。相对而言，《实验诗选》的这种谨慎态度似乎给我们留下了更多思考的空间。

二、经典化：选本的诗歌史倾向

洪子诚曾指出："经典问题涉及的是对文学作品的价

---

① 《唐晓渡谈〈中国当代实验诗选〉》。
② 对于发生在1998年末的当代中国诗坛论争，不同的力量对此有不同的评说，在此需要说明的是，在这场论争中，"南方诗歌"是一个被高度"意识形态化"的概念，而实际上，于坚们使用的"南方诗歌"这一概念的一些基本含义在《大观》中已经被"规定"了。这不能不说是《大观》对当代诗坛的重要影响，但说这种影响是消极的，则是我个人所持的观点，可以另作讨论。

值等级的评定。经典是帮助我们形成一个文化序列的那些文本。"[1]这种对"经典"的功能性定义显得有些抽象,但这并不是他在概念上的含混,因为无论从任何一个角度来看,"经典"都是一个难以进行简单定义的概念[2]。因此,洪子诚在研究中更着眼于对经典化这一动态历史过程的考察,用他的话说就是"关注经典评定的不稳定性,它的变动,这种变动所表现的文学变迁"[3]。他的这种研究思路为我们研究选本和"第三代诗歌"经典化现象提供了启发。我们当然不认为《大观》和《实验诗选》规划了"第三代诗歌"的经典,毕竟,经典化是一个历时性的、涉及历史文化变迁方方面面的文化形成过程,甚至我们只能在非常有限的范围

---

[1] 洪子诚:《问题与方法》,生活·读书·新知三联书店,2002年,第233页。

[2] 根据王先霈、王又平主编《文学批评术语词典》(上海文艺出版社,1999年),关于"经典"的定义不下十来种,比如福勒认为在现代"经典"一词往往标志着某部作品的地位已获得广泛的承认;史密斯认为经典是指特别出色的、为某一主体群体发挥某些可望和被指望功能的事物或人工制品;马丁认为经典永远通过重新解释而获得更新,这样它们就既能有助于我们与过去保持联系,同时又能调整自己以适应当代关注的问题。

[3] 洪子诚:《问题与方法》,生活·读书·新知三联书店,2002年,第233页。

内提出"第三代诗歌"的经典这样一个充满风险的问题。但是,我们至少可以谨慎地思考下列有关问题:选本提供的诗人诗作在多大程度上影响了"第三代诗歌"经典的认定?它们提供的经典序列在今天看来哪些是有效的,哪些又是已经失效的?

在2005年的一篇文章中[①],徐敬亚指出:

> 时至今日,第三代留下的具有当代诗歌意义的大约有八个群体与六位单独诗人:
>
> 八个群体:1.口语:'他们'(于坚、韩东、王寅、丁当)、'大学生诗派'(尚仲敏);2.荒诞:'非非主义'(周伦佑、何小竹);3.黑色幽默:'撒娇派'(默默、京不特)、'海上'(孟浪、郁郁);4.嬉皮:'莽汉主义'(李亚伟、万夏、马松);5.母语:'整体主义'(宋渠、宋炜、石光华);6.冷风景:篮马、杨黎;7.黑色意识:翟永明、唐亚平;8.东方侠气:邵春光、郭力家、张锋、朱凌波。
>
> 六位诗人:欧阳江河、西川、柏桦、吕德安、张枣、

---

① 徐敬亚:《原创力量的恢复》,《文艺争鸣》2005年第5期。

蓝蓝。

毋庸置疑,徐敬亚在这里的所谓"八个群体"和"六位单独诗人"的提出实际上是对"第三代诗歌"的一种经典认定。这种认定究竟具有多大的严密性和文学史意义姑且不论,仅仅是将这样一份经典序列与二十年前的《大观》进行比较阅读,就会发现很多有意思的问题。

徐敬亚这里提到的"八个群体"里,前五个在《大观》中占据很重要的地位,但后三个并未提及。杨黎和蓝马在《大观》中是被放在第一编"非非主义"诗群中,唐亚平是被放在第二编"贵州生活方式"诗群中,翟永明是被放在第三编"西南"诗群中,而所谓的"东方侠气"中的张锋是被放在第一编"地平线诗歌"中。考虑到"东方侠气"中的其他三位诗人可能和徐敬亚有着某种隐蔽的个人关系我们可以暂且"搁置"不论[①],那么可以发现,虽然有翟永明和唐亚平的

---

① 邵春光、郭力家来自吉林,朱凌波来自黑龙江,徐敬亚本科毕业于吉林大学,因此他在此突然将这几位在《大观》中并不重要的诗人加入"经典系列"可能有某种非学术的考虑。在新诗史上,这种考虑往往对诗歌史产生一定的影响。

加入，但徐敬亚笔下的"经典群体"其实和《大观》保持了相当的一致，在近二十年的变迁中，"他们""非非""撒娇派""大学生诗派""海上""莽汉主义""整体主义"作为"第三代诗歌"的代表性创作群体的经典地位并没有发生变化。这不仅仅是徐敬亚的"自言自说"，也得到了20世纪90年代以来的成文文学史和诗歌史的认可[①]，从这一点上看，《大观》在诗歌群体的经典认定上是相当具有文学史眼光的。

徐敬亚在"八个群体"之外又提出了六位"单独诗人"的说法，很明显，这里的"单独"是和"群体"相对而言的。在前文中我们已经讨论过，《大观》作为"第三代诗歌"选本，最重要的特点就是并非一种普遍意义上的诗歌作品和诗人个人的集结，而是带有团体和地域色彩的群体划分。在《大观》中，欧阳江河被划入"新传统主义"，西川被命名为"西川体"，柏桦属于"四川七君"，吕德安被纳入"星期五

---

① 在洪子诚的《中国当代文学史》《中国当代新诗史》，程光炜的《中国当代诗歌史》《中国当代文学发展史》中，"他们""非非""莽汉""海上诗派""整体主义"等几个主要的"流派"是论述"第三代诗歌"，不可或缺的概念和内容。

诗群",张枣成为笼统的"海外青年诗人群体"之一员,蓝蓝则根本没有进入《大观》的视野。在此,具有"个性"的诗人往往被具有"共性"的群体流派所掩盖,整个《大观》给人的印象是理论高于诗人、口号大于作品,具体的诗人诗作反倒显得模糊不清。在《大观》出版近二十年后,徐敬亚提出六位"单独诗人"的说法,可以说是对《大观》重群体轻个人、重理论轻作品倾向的一种补充和修正,也可以看出,在徐敬亚的经典观念中,群体和流派固然必不可少,但最终必须落实到具体的诗人和作品上来。

不过,相对于对群体和流派经典地位的确信,徐敬亚对"单独诗人"的经典地位却是很犹豫甚至怀疑的。他说:"第三代诗人的水准并不整齐,与朦胧诗的精致相比,第三代显得粗放、随意。整体上他们缺少代表性的经典,诗歌活动大于诗歌修炼,多数作品小于他们的主张和理论。"在同一篇文章中,徐敬亚对"朦胧诗"的几位经典作家如北岛、顾城、舒婷等人的创作进行了非常详细的评析[①],但对第三代的六位"单独诗人"却只是一笔带过,这种做法强化了这一印象:他并没有找到充分的诗学或文学史根据来确定这六位诗人的经典地位,好像仅仅是为了与"朦胧诗"的经典系列形成一种对称而做出很勉强的选择。

即使唐晓渡今天依然一再强调经典需要由时间来考验,而不会在某人的规划中生成,但是,通过对《实验诗选》这部"第一册初步总结第三代诗人的诗选"[②]的一些细节的考察,我们还是可以发现一些蛛丝马迹。在《实验诗选》中,编者为每一位入选的诗人配了一幅三英寸左右的黑白照片。按照唐晓渡的说法,这一做法主要是参考了当时某出版社出版的《诺贝尔文学奖获奖诗人选》的编辑方式。唐晓渡承认,"这是一个大手法,因为第三代诗人当时都还

---

① 具体是:"1. 意象。细节。象征。冷峻-北岛。2. 工对。精致。情感。强烈-舒婷。3. 童话。奇思。单纯。通感-顾城。4. 沉郁。丰富。组合。张力-多多。5. 乖戾。口语。移情。感觉-梁小斌。6. 口语。清淡。陈述。含蓄-王小妮。7. 宏大。跳跃。语感。建筑-江河。8. 怪异。变形。抽象。力度-杨炼。"(徐敬亚:《原创力量的恢复》)

② 洪子诚:《中国当代新诗史》,北京大学出版社,2005年,第234页。

籍籍无名"①。用编辑经典大师的方式来编辑《实验诗选》，一方面固然是出于出版社的商业行为，另一方面也折射出唐晓渡意欲经典化"第三代诗歌"的动机。这种图像化的方式，后来在"第三代诗人"中得到了普遍的运用②。

唐晓渡在谈到《实验诗选》和《大观》的区别时说："《大观》更倾向于呈现'气势''规模''现场感'，而《实验诗选》更注重立足诗歌本身去遴选精品。我一直认为，杰出的个体诗人及其作品对诗歌史的作用比宣言、运动更为重要。"③从这段话我们不仅可以看出《实验诗选》的编选标准，而且可以看出《实验诗选》厘定经典的标准。很显然，"个体诗人"和"诗作"的杰出与否，成为这一标准的主要方面。

《实验诗选》共选入三十一位诗人、一百三十一首诗，其中入选四首的诗人最多，共十三位，四首以下的诗人十一

---

① 《唐晓渡谈〈中国当代实验诗选〉》。
② 荷兰学者柯雷认为"图像化"和"视觉化"在对先锋诗人的形象打造方面发挥了很重要的作用(柯雷：《是何种中华性，又发生在谁的边缘?》，《中国新诗 100 年国际研讨会论文集第一册》，2005 年，未正式出版)。
③ 《唐晓渡谈〈中国当代实验诗选〉》。

位,五首的四位,七首的三位。如果以四首作为一个平均数来衡量这些诗人的重要性,我们可以认为,四首以上(包括四首)的诗人是相对比较重要的,因此可以将这些诗人和今天的文学史著作①做一个比较,看看经过近二十年的时间,哪些诗人成为经典、哪些被淘汰了,这期间细微的变化有哪些。为表述的方便,列表如下:

书名\数目\年代\入选情况\姓名	唐晓渡、王家新《实验诗选》			洪子诚、刘登翰《中国当代新诗史》②		程光炜《中国当代诗歌史》③	
	七首	五首	四首	放在80年代中后期叙述的诗人	放在90年代叙述的诗人	放在80年代中后期叙述的诗人	放在90年代叙述的诗人
陈东东	√				√		√
张真	√						
韩东	√			√		√	
牛波		√					

---

① 本文以影响较大的两部诗歌史为参照对象,即洪子诚、刘登翰的《中国当代新诗史》(北京大学出版社,2005年)和程光炜的《中国当代诗歌史》(中国人民大学出版社,2003年)。另外,这两本诗歌史涉及的诗人很多,选入本文讨论的诗人以占有三百字以上篇幅为基准。

② 洪子诚、刘登翰:《中国当代新诗史》第十二章《80年代中后期的诗》和第十三章《90年代的诗》。

③ 程光炜:《中国当代诗歌史》第十二章《新锐迭出的诗坛》和第十五章《历程:从80年代到90年代》。

续表

姓名\入选情况\年代\数目\书名	唐晓渡、王家新《实验诗选》			洪子诚、刘登翰《中国当代新诗史》		程光炜《中国当代诗歌史》	
	七首	五首	四首	放在80年代中后期叙述的诗人	放在90年代叙述的诗人	放在80年代中后期叙述的诗人	放在90年代叙述的诗人
宋琳		√					
柏桦		√			√		√
潞潞		√					
西川			√		√		√
海子			√	√		√	
雪迪			√				
陆忆敏			√	√			
张小波			√				
孟浪			√				
张枣			√		√		
欧阳江河			√		√		√
翟永明			√	√		√	
于坚			√	√		√	
车前子			√				
南野			√				
唐亚平			√				
吕德安				√			
王寅				√			
王小妮				√			
杨黎						√	
伊蕾						√	

通过这个表格可以看到,《实验诗选》和洪子诚、刘登

175

翰的《中国当代新诗史》中重复的诗人有：陈东东、韩东、柏桦、西川、海子、欧阳江河、翟永明、于坚、陆忆敏、张枣。按百分比计算，《实验诗选》里32%的诗人进入了洪子诚、刘登翰的经典诗人序列。如果将《实验诗选》中入选三首的吕德安、王小妮和王寅三位诗人加上去，则百分比达到了近42%。《实验诗选》和程光炜的《中国当代诗歌史》有八位诗人是重复的：韩东、于坚、海子、翟永明、欧阳江河、西川、陈东东、柏桦，近26%。埃斯卡皮在《文学社会学》中提出："在出版20年后，只有1%的作品变成'经典著作'，被收入构成文学文化的传世之作的不朽书目中。"①因此，即使从较苛刻的26%来看，依然可以断言《实验诗选》的编选者是具有相当的文学史眼光的。

如果我们仔细分析上表，还可以发现一些细微的差别。以入选诗作最多的陈东东、韩东为例。在《实验诗选》的编者看来，他们是属于重量级诗人；在洪子诚、刘登翰和程光炜的文学史中，韩东没有任何分歧地被认为是20世纪80

---

① ［法］罗·埃斯卡皮：《文学社会学》，于沛选编，浙江人民出版社，1987年，第131页。

年代最重要的诗人,而陈东东却被放到"90年代的诗歌"创作者中,类似的还有欧阳江河、西川和柏桦。将这些诗人置入90年代而不是80年代来进行叙述,表明在洪子诚和程光炜看来,这些诗人的创作虽然在80年代已经开始并获得诗名,但其在诗歌史上经典地位的确立却要依靠90年代的创作①。这一区别一方面表明经典确立的复杂性,另一方面也证明了《实验诗选》当初对经典的期望:入选一批"在我们看来当时已经形成了一定影响且深具创作潜力的诗人"②。

从绝对数来看,被"遗忘"的诗人数目是巨大的。这其中有入选七首的张真,入选五首的牛波、宋琳、潞潞,入选四首的雪迪、张小波、孟浪、车前子、南野、唐亚平等。这些诗人被"遗忘"的原因是非常复杂的,既有诗艺上的因素,也有许多"非诗"的因素。唐晓渡在谈到当年创作势头非常好的女诗人张真时说:"至于她为什么被文学史冷落,我想

---

① 程光炜:《90年代的诗歌:另一意义的命名》,《程光炜诗歌时评》,河南大学出版社,2002年。
② 《唐晓渡谈〈中国当代实验诗选〉》。

现在下结论可能还太早。当然可以考虑一些因素,比如这些年很少见到她的作品,包括她某种程度上的'不在场'。她早在1988年就出国了,后来更多转向了电影研究。"①对于这些被"冷落"的诗人而言,"不在场"往往是双重的,一方面他们大多在80年代末因为各种原因离开大陆②,另一方面也指他们基本上放弃了通过诗歌建立与汉语语境联系的努力。

结　语

的确,"第三代诗歌"的经典是一个具有风险的话题,因为无论是《大观》《实验诗选》的选本标准,还是洪子诚、程光炜的诗歌史标准,我们都只能说这仅仅是他们的标准,这些标准能否经受住漫长的历史和不同时代读者的考验,基本上是不能预言的。近几年关于"经典",尤其是现当代文学"经典"的颠覆、重评、争论,至少给我们一个启发:"经典"无论从何种意义上说都不是一个静止封闭的系统,它

---

① 《唐晓渡谈〈中国当代实验诗选〉》。
② 孟浪、张真等人在20世纪80年代末先后移居国外。

期待并接受着各种力量的加入、重组甚至改写。也正因为如此,作为这些力量中的一部分,《大观》和《实验诗选》才具有了被讨论的意义。

在大历史中建构文学史

——关于"重返八十年代文学"

张旭东在近来的一篇文章中提出了一种"长时段的共和国历史分期论",主要内容如下:

> 事实上,理解改革开放以后30年和前30年的关系,必然要借助第一个30年(1919—1949)的中介,必然要把1949年以前的现代史纳入一种新的历史叙述和未来想象。换句话说,关于后三十年(改革开放时代)历史定位的争论,必然要借助1949年前的三十年作为一种历史与合法性参照,从而决定"新时期"同毛泽东时代的关系。……在二十世纪中国的整体框架里看,两个30年的关系,实际上是两个60年的关系,即

1919—1979阶段和1949—2009阶段的交叠关系。重叠部分是中间的30年(1949—1979),而这正是中华人民共和国的奠基时代。这30年承前启后,继往开来,把二十世纪及至近代以来所有的可能性融为一体,放置在一个强大的国家体制之下,从而为后30年开辟可能性。

张旭东的这个提法看起来似乎有点"饶舌",但恰好说明了这一"分期论"的困难之处。实际上,张旭东所切切强调的除了一种历史观的整体论以外,明显把重心放在了1949—1979这三十年,以张旭东的话来说,这就是一个"重叠的30年",这种论述与目前学术界不断抬高"十七年"历史位置的倾向一致。张旭东的这种论述是否一定合理这里暂且不论,但是他给我们提供了一种认识的视角,那就是,必须寻找到一个具有"原点"意义的文化时段来为历史阐释提供足够开放的空间。在这个意义上,我觉得80年代显然更具有讨论的意义(很有意思的是,恰好也是张旭东在很多年前就从文化思想史的角度提出了"重返80年代"的说法)。在我看来,1919—1979以及1949—2009这两个60年如果存在某种结构性的关联,这一关联在很大程度上是通过80年代这样一个历史时期作为"中介"产生意义的。80年代不仅是此前30年(1949—1979)年的终结,同时也是一种"重启",比如"启蒙主义"和"人道主义"是80年代两个最重要的思想动向,而这两者,也正是"五四"的思想资源和理论导向,正如很多学者所指出的,80年代实际上是借助"回到五四"的思想资源来终结1949—1979年的政治文化实践的。但是在另外一方面,这种"重启"已经不是简单"回归"到纯粹意义上的"五四",而是一个经过社会主义革命思想渗透、改造、形塑过的"五四"。也就是说,80年代已经天然地包括了"五四"的传统和社会主义革命的传统,也正是在这两个传统的张力之中,80年代占主导思想倾向的"改革"就是一个包含有复杂维度的"意识形态":这一形态不仅包括对"五四"以来民主、自由、科学、理性的想象,对社会主义公平、平等、激情的渴求,同时也有对资本主义个人主义的崇拜以及与此相关的对身体、情欲、消费、财富、城市化的向往。从这个意义上说,80年代就不仅仅是一个关涉到"起源"的时代,它既是"起源"也是"终结",既是"原点"也是"终点",或者说,它是一段真正叠加的"历史",这一叠加,不是简单的时间段落上的重合,而是一种"质"的意义上的"生成"。80年代就是一个浓缩的取景器,在这里,蕴含了一切"大历史"所具备的要素:"时间"和"空间"互相指涉,清晰的历史界限被抹平,断裂性和连续性互相纠缠,主体被多种意识形态裹挟,并最终形成一种如安德森所言的空洞的时间观念和幻想的共同体意识形态。实际上,很多学者已经意识到了80年代这一特殊的历史时段之于文学史的意义:"今天可以看到,关于'新时期文学'的文学观念、思潮和知识立场,基本是在80年代形成的。目前站在中国现当代文学专业课堂讲授和研究第一线的老师,也多在这十年建立起了自己的知识观念、知识感觉和知识系统。正是在这种意义上,'80年代'无可置疑地成为观察整个新时期文学的一个'高地',一个瞭望塔。由此,也许还能够更为深刻地理解什么是'当代'文学。""'80年代文学'是一个与'改革开放'的国家方案紧密配合并形成的文学时期和文学形态。在'改革开放'这个认识装置里,

'十七年文学''"文革"文学'变成被怀疑、被否定的对象,由此影响到对过去作家作品、文学思潮和现象的重评……与此同时,被看作'十七年非主流文学'的作品和现象,则被'回收'到80年代……在这个意义上,'80年代文学'被看作是对'十七年文学'和'"文革"文学'的'历史性超越',是一种'断裂',它意味着中国当代文学的又一次意义深远的'转型'。""当人们越来越多地把'60年'作为当代文学讨论的基本范畴时,首先需要意识到的是,这并不是一个自明的时间单位。在如何理解当代文学60年历史的整体上,事实上一直存在着一个'原点'式的阐释框架,这就是在80年代形成的'新时期'文学意识。在这种意识支配下,当代文学的历史被理解为两个30年、两种对立的文学规范乃至两种知识范式之间断裂和冲突的历史。新世纪的语境中'60年'作为当代文学时间单位的提出,由此并不仅仅是一个空洞的时间纪元,而意味着一种新的历史意识的出现。这为人们去探讨、反省80年代的'新时期'意识与新启蒙思路提供了新的历史可能性。"但需要指出的是,这种把"80年代"指认为"认识的装置"和"历史的原点"的看法固然已经是一种认识上的推进,但依然拘囿于80年代文学(史)本身,而没有把80年代文学(史)纳入一个历史哲学的高度上来谈论,正如我在上文中所提到的,80年代既包括"起源""终结""原点""装置"等一切东西,但又远远多于这些东西,从这个意义上说,今天来讨论80年代文学(史),一方面要借助这些"知识化"的认识概念来激活已经被固化的"知识",但更重要的是,我觉得应该寻求的是一个"根本性"的东西。也就是说,重返80年代或者说重返80年代文学(史)一定要意识到这样一个问题,那就是,作为80年代历史的一部分,文学史如何在80年代的历史叙述中确定自己的位置并找到一个"根本性"的东西。我觉得这是目前重返80年代文学(史)需要首先回答的问题,这个问题如果没有回答好,重返80年代文学(史)就可能面临某种"学科化"的危险(一如"现代文学"学科在今天的境况一样),成为一种纯学科内的知识和智力的实验,这应该不是重返80年代文学(史)的初衷和目的。

那么,这里的问题是,80年代文学(史)与80年代历史的关系是如何被结构起来的?或者说,在这种结构中,什么才是80年代文学(史)的根本性的东西呢？如何才能找到这一根本性的东西呢？我想通过一个个案来回答这个问题。今年七月份我准备写一篇关于路遥的《人生》的文章，在搜集相关资料的过程中发现一个很让我惊讶的事实，那就是，近20年来关于这部小说的评论和研究都在一个低水平线上重复。在一部前几年出版的《路遥评论集》中，收录了自1983年到2007年发表的30多篇研究文章，但就我的研究需要而言，仅仅只有两篇文章给我提供了有限的利用价值，一篇是蔡翔的《高加林和刘巧珍——〈人生〉人物谈》，一篇是李劼的《高加林论》。在我看来，这两篇文章的价值就在于不是简单地复述文本已经预设的故事、人物和意图，而是试图在一个"大历史"的视野中把人物、故事从文本里面剥离出来，"缝合"到当时的历史语境而不是文本语境中去。比如蔡翔认为刘巧珍"她不是通过他人来体现自己的价值，而只是希望由他人来实现自己的价值。这种偏狭的认识取代了她的全部的自我意识。"由此他指出："社会主义运动的目的正是努力提高每个人的社会价值，每个人就应该珍惜和提高自己的价值……一场个人命运的悲剧却推演出一个社会变革的主题。"李劼在文章中通过文学人物谱系的方式分析了"从阿Q到高加林人物形象的变迁,向我们提示了'五四'以来六十多年的时代变换,美学观念的演进以及文学思潮的更迭"。但让我不满足的是,这种分析论述依然还是在文学史的框架里面来展开的,并没有完全意识到这一文本与其所根植的"大历史"之间复杂的纠缠关系。在我看来,今天如果来重读《人生》,就不能仅仅把它看作一个文学史问题,或者说,文学史问题不是《人生》的根本性的问题。我们知道,在80年代,类似"进城"经验的书写是很多的(如《鲁班的子孙》《陈奂生上城》等),但为什么是高加林成为一个经典的文学形象并得到广泛的阅读和转喻呢?在我看来,这里面文学性的东西所起到的作用其实是很有限的,真正的问题在于它是一个"参与性"的文本,它因此更典型地回答了一个关键性的社会问题和精神问题,那就是在80年代"改革开放"的历史背景下,一代青年人如何改变自己的历史位置并参与到历史实践中去,并在这种参与中如何协调自我与他者、自我与社会之间的关系。如果没有意识并分析到这个层次,那么对于《人生》的历史阐释和文学史定位就应该是缺乏深度的。通过这样一个案例我其实想说两个问题：第一，80年代文学（史）的根基在今天看来是参与性的，而不是修辞性的，即使是在极端的"先锋文学"文本中我们也能看出这种特点，比如程光炜就曾在"先锋小说"和80年代的城市改革之间建立起了有效的历史联系。也就是说，作为文本的文学史并不能解释80年代文学（史）的多种维度（历史的、社会的、哲学的），因此，重返80年代文学（史），就必须具备"大历史"的视野，从思想史、政治史、文化史等不同的角度进入，这样才能见诸全面，首先要不"文学"，才能更加"文学"。第二个问题正是我在重新研究《人生》的过程中所碰到的难题，当学科的历史并没有给我们提供足够多的材料、论据、观点和理论的时候，我们怎样建立起研究的"历史感"？这个问题其实一直是"重返80年代文学（史）"研究中面临的一个方法性的难题。程光炜在一次访谈中专门论及该问题："首先把它'历史化'，建立一种知识谱系和系统，然后再通过它重新去整理别的文学年代。如果不这样做，那么这个学科就会永远陷入一种相对主义的混乱之中。现代文学不就是首先建立起关于'五四''鲁迅'的'历史意识'和'理论意识',才逐步成为一个相对成熟的学科的吗？所以,如果我们花上几年甚至更长一点时间集中精力去面对一个文学年代的问题,对很多沉埋在批评状态、历史尘埃中的作家作品、现象和问题开展非常耐心的大规模的发掘工作,深入细致地研究具体问题,一步一个脚印地走下去,'当代文学'的历史意识和理论意识,我想自然就会慢慢出来了。"也就是说,只有把80年代这一个历史时期不断"历史化""问题化",只有将这种作为文学史哲学的"大历史"观念和作为方法论意义上的"学科历史感"的确立有效结合起来,重返80年代文学(史)才可能具有真正的生产性。

需要进一步追问的是,确定了80年代文学史的"根基",寻找到相关有效的文学史哲学和方法论,是否就一定能够建构起一个有效的"文学史"？我觉得并不一定,这里面必须同时考虑另外一个问题,那就是,如何把大历史"文本化"？詹姆逊在《60年代断代》这篇文章中曾经说过,"所谓的'时期'无论如何不可解作某种无处不在且统一的共同思想和行为方式,而是指共有一个相同的客观环境,因此也才有林林总总、各式各样的反应和创新"。文本正是对共同的"历史时期"的各式各样的反应,或者说,历史总是通过文本来建构起自身,没有文本,也就谈不上历史。我依然想通过一个个案来论述这个问题。我们知道,在1980年初有一场著名的人生观大讨论——"潘晓讨论",从更世俗的意义上说,这一场讨论开启了整个80年代青年人的思想启蒙,因为更日常化和更平民化,这场讨论的意义可能比"人道主义大讨论"等更具有普遍意义。回顾这场讨论不是本文的目的,我的问题是,这次讨论是一个社会问题还是一个文学问题?或者说,这是一个历史的问题还是一个文本的问题?我这么设问是有原因的,实际上目前对于这次讨论的研究基本上都是在社会学的视野中来展开的,却没有意识到这一"讨论"背后所蕴含的文学问题。贺照田比较敏感地意识到了这一点,在近来的一篇文章中,他很有洞见地指出:"在相当意义上,'潘晓讨论'可说集中表露了当代中国大陆精神伦理所以演变至今天这样一种状况的历史和观念背景。……因此,当时不论是阮铭的文章《历史的灾难要以历史的进步来补偿》，还是经过中宣部组织修改审定的署名本刊编辑部的文章《献给人生意义的思考者》，其核心都在呼吁青年投身他们认为正确的历史进程中。这样呼吁当然没有错，但不能真正深入此讨论精神、主体方面的深层意蕴，当然也就不能准确理解'潘晓'所以从她的经历中引出如下结论——'任何人，不管是生存还是创造，都是主观为自我，客观为别人……只要每一个人都尽量去提高自我存在的价值，那么整个人类向前发展也就成为必然的了'——背后真正的历史与观念机制。当然也不可能真正贴近、解决潘晓的问题。因为潘晓的问题不可能仅仅通过政治、经济路线的调整加以解决。"请注意贺照田的表述，首先他是把"潘晓讨论"纳入了80年代政治、经济的语境中来讨论的，但是他又明显地意识到了，仅仅从政治、经济等等角度并不能回应并解决"潘晓讨论"。治思想史出身的贺照田肯定会试图从思想史、文化史等角度去理解这个问题，这是某种学科惯性的使然，但是对于治文学史的人来说，对"潘晓讨论"的理解却不能简单落实到问题之解决的层面上，在我看来，要把"潘晓讨论"放置于"大历史"的语境中,就不能忽视这一讨论所具有的"文学史维度"。这一维度正是通过"文学修辞"和"文学青年"这两个至关重要的"文学方式","潘晓讨论"才能成为一个话题和事件,并被阅读、传播和想象。文学修辞是指潘晓讨论中的"信件"实际上不是"普通"的信件,而是经过了"文学修辞化"后的"文学作品","文学青年"是指参与该讨论的主体(信件的作者和读者)都具有文学青年的身份意识和精神自觉,正是在这两重机制的作用下,社会问题被文学化了,而历史同时也被文本化了。进一步说,如果追问80年代文学(史)的原点(起源),"潘晓讨论"和《人生》可以说是互为历史并互为文本的,"潘晓讨论"提供了大历史的框架,但同时把大历史文本化了,而《人生》则提供了文学史的框架,但同时内涵了大历史所具备的复杂要素。

上述两个个案从某种意义上说内涵了今天重返80年代文学(史)需要面对的问题。这一问题是,一方面不能离开"大历史"来谈论所谓文学本身的历史,文学本身是没有历史的,它只有把它的根基建立在"大历史"上,不回避大历史,理解并参与大历史,才能找到自己的真正的历史位置。文学史不是故事,也不是叙事之一种,它是与大历史血肉关联的整体中的一部分。另一方面是不能离开文学史来讨论空泛的历史形而上学,因为历史的问题历史本身并不能予以解决,而是必须通过思想史、政治史、文学史等来予以问题化和"历史化"。文学史是"历史"具体化和问题化的一种有效的方式,必须借助这样的历史化,真正的历史感才能够建构起来,而同时,文学(史)才是活的,而不是死的。对于80年代这样一个意义重重"叠加"的历史时期和"文学年代"而言,文学史研究怎样不"文学",又怎样回到"文学",是一个充满了张力感和紧张感的问题。因此,对于今天的文学史研究而言,平衡大历史和文学史的结构性的矛盾不仅是一个方法论的问题,同时也是一个认识论的问题,是一个如何把我们的思考能力切入历史和文学深处,发现、挖掘经验和回收、重组知识的搏斗过程。如果今天重返80年代文学(史)研究能够在这些方面予以创制性的思考,而不是仅仅局限于建构一个80年代文学(史)本身,我想,这会为当代历史提供更多的启示。

下编　现象篇

历史重建及历史叙事的困境

——基于《天香》《古炉》《四书》的观察

经过 20 世纪叙事学和新历史主义学派的理论阐释后,历史与小说之间的界限变得越来越模糊。即使小说家努力通过"形式""修辞"等相对"文学化"的方式来为小说的本体地位进行努力,但是几乎所有的小说家都不得不服膺于这样一种规则:任何伟大的小说都指向一种历史,这并不是说小说就是历史的附庸,而是说,小说本身的宿命已经决定它必须与历史纠缠在一起,它从历史中起源,以历史为对象,最后创造历史并成为历史的一部分。也正是如此,我们发现一个很有意思的文学史现象,大凡对自己的写作有一定追求的作家,最后都会回到一种或朴素或芜杂的历史写作上来。这一现象在中国近年来的写作中得到了印证,在

21世纪的第一个十年,中国第一线作家几乎都转向了一种广泛意义上的历史写作。莫言的《檀香刑》、张炜的《你在高原》、王安忆的《天香》、贾平凹的《古炉》、刘震云的《一句顶一万句》、阎连科的《四书》等等,这些长篇小说从不同的侧面切入中国的当代史、现代史和近代史,以文学的形式进行着一种"历史重建"的努力。我把这一长篇历史写作潮流看作是中国当代写作在20世纪90年代以后的一种极有意义的实践,它一方面在历时性的角度回应着整个当代文学史中"文学"与"历史"的症候性关联,更在共时性的层面暗示了中国当下历史的断层和历史观的分化。这些出生于1950年代,在中国堪称经典的作家身上,集中体现了这种历史重建的困境和历史观的病象。我固执地以为,在当下这个历史时刻,讨论这些作家写作的美学(文学)面向已经没有太多生产性意义,这些面向在这些作家的前期写作中早已一一呈现并得到了广泛的关注。恰好是这些作家小说写作的历史面向——具体来说是这些作家的历史观——虽然也以不同的方式在其以往的写作中若隐若现,但却一直没有得到有效的清理。这十年来的长篇历史叙事提供了一个集中的机会,作家集中地呈现了其对历史的认知和想象,批评家和读者也可以由此集中地对他们的历史观念进行观察、理解和批判。

所以,本文的重点不是文本的细读和美学的鉴赏,而是将小说视作历史观念的表达而追溯其内里的结构,我将以王安忆的《天香》、贾平凹的《古炉》和阎连科的《四书》为主要讨论对象,并不惮于坚持我的偏见。

一、细节与历史的景观化

首先从《天香》谈起。正如批评家所观察到的,王安忆的《天香》是以"物"为中心的,这种由"物"及"人"、由文物制度而及社会历史的写作方式被认为是"物"的通观[①],王安忆正是试图通过这种对"物"的描写来展示上海的"前史"。这里非常值得讨论的是这些"历史文物"是如何进入小说写作中的。王安忆曾经自述其文本的发生学:"基本

---

① 张新颖:《中国当代文学中沈从文传统的回响——〈活着〉、〈秦腔〉、〈天香〉和这个传统的不同部分的对话》,《南方文坛》2011年第6期。

是写到哪查到哪。写到哪一节,临时抱佛脚,赶紧去查……其中那些杂七杂八的所谓'知识',当然要查证一些,让里面的人可以说嘴,不致太离谱,因生活经验限制,其实还是匮乏。"①古籍学者赵昌平也对此予以了印证:"因着古籍整理的训练,我粗粗留意了一下小说的资料来源,估计所涉旧籍不下三百之数。除作为一般修养的四部要籍外,尤可瞩目的是:由宋及明多种野史杂史,人怪科农各式笔记专著,文房针绣诸多专史谱录,府县山寺种种地乘方志,至于诗话词话,书史画史,花木虫鱼,清言清供,则触处可见;而于正史,常人不会留意的专志,如地理、河渠,选举、职官,乃至食货、五行,都有涉猎。"②有批评家据此指出"(张大春认为)百科全书式小说的书写传统,是发现或创造知识的可能性,而不是去依循主流知识、正统知识、正确知识、真实知识甚或知识所为人规范的脑容量疆域,而是想象以及认识那疆域之外的洪荒。这一点,王安忆并没有多少体认,她只是很

---

① 王安忆、钟红明:《访问〈天香〉》,《上海文学》2011 年第 3 期。
② 赵昌运:《天香·史感·诗境》,《文汇报·笔会》2011 年 5 月 3 日。

素朴地遇山开道,逢河搭桥,不会就补,不懂就问,错了就改。在她心里,小说家所需要的知识,就是主流知识、正统知识、正确知识、真实知识。"[1]在这位批评家看来,正是王安忆这种对待知识的态度,使得作者与"天香园"中的人、物的相知尚不够深。但他没有注意到的是,这种对待知识的考古学者的态度恰好是王安忆保守的历史态度的体现。这种保守的历史态度让王安忆不停地"向后看",从《长恨歌》到《天香》,从殖民时代的上海到晚明时代的上海,并以为在"过去"存在着一个"静态的""知识观念"式的历史场所——天香园就是这个历史场所的最精致的隐喻之一种——只需要某种小说家和学者的"精雕细琢"就可以还原"物"的真实面目。"求真"这种看似政治正确的历史叙事方式恰巧暴露了王安忆"所学愈实,所遇愈乖"的市民主义历史观。

张新颖教授敏锐地意识到了这种历史观念的局限性,"但一物之微,何以支撑一部长篇的体量?这就得看对物

---

[1] 张诚若:《小说家自己的命运——读王安忆〈天香〉》,《上海文化》2011年第4期。

的选择,对物表、物性、物理的认识,对物的创造者和创造行为的理解和想象,对物自身的发展历史和物的历史所关联的社会、时代的气象的把握,尤有甚者,对一物之兴关乎天地造化的感知"[1]。王安忆是否就如张新颖评价的做到了"一物之通,生机处处"[2]我们暂且不管,至少王安忆在《天香》中确实努力把作为历史之"实"的"物"予以"虚化"。请看下面两处细节描写:

小绸取出一锭,举到与眼睛平齐,衬着纱灯的光,说:看见不?有一层蓝,叫孔雀蓝,知道怎么来的?用靛草捣汁子浸染灯芯,点火熏烟,墨就凝蓝烟而成。……再取一锭。这一锭泛朱色,是以紫草浸成的灯芯。第三锭,是岩灰色,钢亮钢亮,内有铁质,一旦落纸,千年不变。可是,这香从哪里来?柯海还是不解。小绸

---

[1] 张新颖:《中国当代文学中沈从文传统的回响——〈活着〉、〈秦腔〉、〈天香〉和这个传统的不同部分的对话》,《南方文坛》2011年第6期。

[2] 张新颖:《一物之通,生机处处——王安忆〈天香〉的几个层次》,《当代作家评论》2011年第4期。

再絮絮地告诉:其间有珍料,麝香、冰片、珍珠、犀角、鸡白、藤黄、胆矾是说的出来的,还有多少说不出名目,早已经失传的!(《天香》第21页)

接下来,闵女儿要辟丝了。那一根线,在旁人眼里,蛛丝一般,看都看不真切。在闵女儿眼里,却是几股合一股,拧成的绳,针尖一点,就离开了。平素娘教的是一辟二,可小心里还觉得不够细巧,再要辟一辟,辟成三或者四,织得成蝉衣。这双手,花瓣似的,擎着针,引上线,举在光里瞧一瞧,一丝亮,是花芯里的晨露。(《天香》第62页)

这两处细节描写一处写"墨",一处写"丝"。这两处描写有虚有实,确实有点"虚实相生"的味道。类似的这种细节描写在《天香》中比比皆是。如果仔细读来,我们会发现这"虚实"都透露着一种"假"——正如安吉拉·卡特所言:

"正是这份精确格外让人不安,因为我们知道这是假的。"[1]这种"假"建立在"真"的基础之上,由此,王安忆在文本发生学中的"求真"走到了它的反面。这里完全没有道德上的臧否之意,"假"在这里与其说是一种写作学上的修辞,更不如说是一种不自觉的历史意识。与保守主义的历史态度相联系,我们会发现在《天香》中有另外一种看起来很时尚的把历史景观化的趋向。"景观化"的概念来自法国哲学家德波,用来指"一种新的调控模式,它通过创造一个使人迷惑的影像世界和使人麻木的娱乐形式来安抚人民"[2]。在这里借用这一概念来指王安忆在处理历史时的一种技术手段和意识形态。技术手段是指,她对"物"的细节描摹实际上具有鲜明的影像化的特征,上面引用的两处细节描写与其说服务于语言的功能,不如说是服从于摄像镜头的功能。意识形态是指,通过这种对"物"的看似"求真""审美""无利害"的描写,它满足了当下社会对历史的消费渴求。

---

① [英]安吉拉·卡特:《烟火》,严韵译,南京大学出版社,2012年,第32页。
② [法]居伊·德波:《景观社会评论》,梁虹译,广西师范大学出版社,2007年,第1页。

其实早在《我爱比尔》《长恨歌》等出版以后,就有批评家指责王安忆把"日常生活的机械生存准则提升到存在本体论的地位,并以一种'东方奇观'的形态出现在读者的视野之中……构成一种对深受西方都市文明濡染的现代人(包括东方的与西方的)而言十分陌生的'东方情调',以及由这种'情调'而引起的沉浸和迷醉"①。只不过在《天香》里,这种"情调"更隐秘地以"知识考古"和"历史景观"的方式出现,正是因为这种"景观化"更加低调和技术化,因此其造成的效果也更加美轮美奂,"将自我彻底融合到它一直着力刻画的历史中去,并且根据其刻画的内容不断重新建构历史"②。

将"自我"让渡出去,醉心于历史的景观化书写,并在这种景观化中切断历史与当下之间的关联,这就是王安忆保守主义历史观在《天香》中的体现。张新颖认为王安忆

---

① 李静:《不冒险的旅程——论王安忆的写作困境》,《当代作家评论》2003 年第 1 期。
② [法]居伊·德波:《景观社会评论》,梁虹译,广西师范大学出版社,2007 年,第 5 页。原话是:"将自我彻底融合到它一直着力刻画的现实中去,并且根据其刻画的内容不断重新建构现实。"

的《天香》是沈从文传统在当代的回响之一①,但我以为王安忆这种文化上的保守主义与沈从文有本质的区别,沈从文的文化观建立在"冲突"的基础之上,他以其自身的生命实感感受到了这种冲突的剧烈性和分裂性,在沈从文表面的"风景"中,蕴含着暴虐、残酷的历史内容,这是沈从文丰富性之所在。而王安忆对历史的追溯,总带有一种身为"局外人"的冷酷,这不仅让她的作品缺乏"温度和热情"②,更让人感到其历史观的暧昧和非自主性,在小说中,她也不过是借用赵墨工之口道出了一个再陈旧不过的历史观:"依我看,天地玄黄,无一不是周而复始,循环往复,今就是古,古就是今!"③

二、历史主体的"去成人化"

在《古炉》后记中,贾平凹阐述了写作《古炉》的心理动

---

① 张新颖:《中国当代文学中沈从文传统的回响——〈活着〉、〈秦腔〉、〈天香〉和这个传统的不同部分的对话》,《南方文坛》2011年第6期。
② 李云雷等:《长篇小说的中国化及其他》,房伟的发言,《作品》2012年第13期。
③ 王安忆:《天香》,人民文学出版社,2011年,第71页。

机:"我的记忆更多地回到了少年,我的少年正是20世纪60年代的中后期,那里中国正发生着史无前例的'文化大革命'。""对于'文化大革命',已经是很久的时间没人提及了,或许那四十多年,时间在消磨着一切,可影视没完没了地戏说着清代、明代、唐汉秦的故事,'文革'怎么就无人感兴趣吗?或许'文革'仍是敏感的话题,不堪回首,难以把握,那里边有政治,涉及评价,过去就让过去吧?""我问我的那些侄孙:你们知道'文化大革命'吗?侄孙说:不知道。我又问:你们知道你爷的爷的名字吗?侄孙说:不知道。我说:哦,咋啥都不知道?""我想,经历过'文革'的人,不管在其中迫害过人或被人迫害过,只要人还活着,他必会有记忆。也就在那一次回故乡,我产生了把我的记忆写出来的欲望。"①这一心理动机看起来似乎非常自然,但其中大有可以分析之处。一方面,人到知天命之年,在时间的消逝中追忆过往,这是一个非常普遍的也是很个人化的动机;另外一方面,贾平凹的动机里又包含有非常"公共性"的一面,他不仅仅是要讲述自己的故事,同时也想记录一个时代,并

---

① 贾平凹:《长篇小说〈古炉〉后记》,《东吴学术》2010年创刊号。

试图通过他的讲述和记录让历史得以保存下去,以抵抗后来者(侄孙们)的遗忘。从这个动机出发,我们会发现贾平凹一开始就遭遇到了历史题材写作的两难困境:以个人的记忆为本位,则"文"胜于"史";以历史史实为本位,则"史"胜于"文"。"当代中国作家的'文革'叙事之所以鲜见精品,一个很重要的原因就是他们普遍没有把握好历史与小说之间的关系,他们想当然地以为这种关系仅仅是所谓历史小说创作中需要解决的问题,而长期以来,关于'文革'的小说通常是不被看作历史小说的,而被视为现实题材的小说,就这样,他们笔下的'文革'叙事写得太像小说了,故事和理念淹没了历史感。我们期待着另一种写出了历史感的'文革'小说,这种'文革'小说既有'历史小说'的历史性,又有'新历史小说'(作为'新写实小说'的变体)的写实性,因此有别于传统历史小说的宏大叙事。显然,贾平凹穷四年之力写就的《古炉》正属于这种类型的'文革'叙事。"[①]认为《古炉》已经在"历史性"和"文学性"之间得到

---

① 李遇春:《作为历史修辞的"文革"叙事——〈古炉〉论》,《小说评论》2011年第3期。

完美的结合显然是一种褒奖,王德威则表达了另外的观点:"细读全书,我们发现贾平凹用了更多的气力描述村里的老老少少如何在这样的非常岁月里,依然得穿衣吃饭,好把日子过下去。他以细腻得近乎零碎的笔法为每个人家做起居注,就像是自然主义式的白描。甚至'文化大革命'的斗争也被纳入这混沌的生活中,被诡异地'家常化'了。"[1]也就是说,贾平凹不但没有在小说中弥合"历史"与"小说"、"记录"与"文学"之间的裂隙,而且从一开始就已经进行了偏离,这种偏离的"诡异"气氛,很大程度上来源于他在作品中塑造的那个特别的叙述主体——"狗尿苔"。

显然,贾平凹对狗尿苔这个人物颇为满意:"狗尿苔,那个可怜可爱的孩子,虽然不完全依附于某一个原型的身上,但在写作的时候,常有一种幻觉,是他就在我的书房,或者钻到这儿藏到那儿,或者痴呆呆地坐在桌前看我,偶尔还叫着我的名字。我定睛后,当然书房里什么人都没有,却糊涂了:狗尿苔会不会就是我呢?我喜欢着这个人物,他实在

---

[1] 王德威:《暴力叙事与抒情风格——贾平凹的〈古炉〉及其他》,《南方文坛》2011年第4期。

是太丑陋、太精怪、太委屈,他前无来处,后无落脚,如星外之客,当他被抱养在了古炉村,因人境逼仄,所以导致想象无涯,与动物植物交流,构成了童话一般的世界。狗尿苔和他的童话乐园,这正是古炉村山光水色的美丽中的美丽。"[1]批评家也对这个人物的功能性作用给予了高度评价:"贾平凹在《古炉》的历史叙事中选择了客观型的叙述姿态,他主动将自己的主观历史情绪内敛起来,尽力恪守冷静平实的创作心态,从而臻达了类似于韦伯所谓'价值无涉'的历史叙述伦理境界。"[2]可能出乎贾平凹和批评家的意料,正是这个"价值无涉"的人物出卖了贾平凹。作为"文革"这一重要历史事件的"观察者"和"叙述者",一个孩子的视角固然能绕开"政治评价"风险,但同时也增加了使历史幼稚化的可能。为了回避这种幼稚化,贾平凹使用了其一贯的手法,那就是利用一种神秘主义,将"幼稚化"的

---

[1] 贾平凹:《长篇小说〈古炉〉后记》,《东吴学术》2010 年创刊号。
[2] 李遇春:《作为历史修辞的"文革"叙事——〈古炉〉论》,《小说评论》2011 年第 3 期。

历史转化为不可知的历史。① 在这个意义上,狗尿苔恰好不是"价值无涉"的,他实际上对历史做出了判断,这一判断就是:所有的恶行都是你们做的,我只是一个没有长大的孩子,即使恶行遍地,我看到的依然可以是一个童话般的神秘世界。

如果说狗尿苔构成了《古炉》的历史主体,我们可以说这是一个"去成人化"的主体,这个主体与贾平凹的关于"文革"的记忆形成绝好的互文:记忆永远只是记忆,如果只是停留在记忆的层面,则历史主体永远都不会长大成人,也就不能在"公共性"的层面完成历史反思和拒绝遗忘的功能。"去成人化"的主体同时也是一个"去罪化"的主体,对于贾平凹这一代人来说,"文革"实际上构成一个原罪式的存在,清除这种"原罪"也是写作《古炉》的目的之一:"'文革'结束了,不管怎样,也不管做什么评价,正如任何一个人类历史的巨大灾难无不是以历史的进步而补偿的一

---

① 胡河清在 1990 年代初就指出了贾平凹的这种特点:"贾平凹的创作美学,表现了一种把西方现代主义文学的精神深度模式和东方神秘主义传统参炼成一体的尝试。"见胡河清:《贾平凹论》,《当代作家评论》1993 年第 6 期。

样,没有'文革'就没有中国人思想上的裂变,没有'文革'就不可能有以后的整个社会转型的改革。而问题是,曾经的一段时期,似乎大家都是'文革'的批判者,好像谁也没了责任。是呀,责任是谁呢? 寻不到责任人,只留下了一个恶的代名词:'文革'。"[1]但是如果清除"原罪"依靠的是孩童般的记忆,对责任的追问也自然就落入虚空。实际上,贾平凹正是通过这种"去成人化"的历史主体将"历史责任"这一至关重要的历史写作的伦理给搁置起来了。"罪"成了暴力的奇观,对"罪"与"恶"的记忆呈现为一种旧式文人式的抒情笔记,我不知道贾平凹是投机取巧还是心有余而力不足,我宁愿相信是后者。无论如何,当历史写作的具体性(写实性)堕落为"日常生活"的拼凑时,即使是狗尿苔这样一个"历史的天使"[2],也无法弥补贾平凹在历史认知上的简单化。

---

[1] 贾平凹:《长篇小说〈古炉〉后记》,《东吴学术》2010年创刊号。
[2] 贾平凹:《长篇小说〈古炉〉后记》,《东吴学术》2010年创刊号。

三、历史寓言的"去历史化倾向"

"去成人化"的历史主体暗示了 50 年代作家根深蒂固的恐惧症,他们既不愿意将记忆掩埋起来,又不敢正视历史的具体性。如果历史要求他们做出一个认领,他们最后还是以"踢球"的方式将这个"责任"踢给别人,这个人在阎连科的小说《四书》里有一个符号化的名字——孩子。

"孩子"被认为是《四书》中最有创造性的人物。"孩子才是阎连科精心塑造的形象。这形象在中国当代文学中显得十分另类。用那样一种怪异的语言叙述孩子的故事、塑造孩子的形象,也是为了叙述语言能与孩子的形象吻合。"[①]发明一种"圣经式"的语言是不是为了与孩子形象吻合,这一点我们暂且存疑。但有一点是明确的,那就是这个"孩子"在小说中发挥了重要的功能。程光炜认为这种功能就是:"重建被遗忘的那个历史程序,是在把被新时期浪潮冲刷瓦解或分化的那个程序,在小说中复原。这个程序就是,'惩罚—检举—奖励',用拉打兼顾的辩证法在人们

---

① 王彬彬:《阎连科的〈四书〉》,《小说评论》2011 年第 2 期。

的灵魂深处植入一个有效的软件。但是,这种重建的阻力和难度是难以想象的,它甚至难以用小说的叙述加以展现。"①程光炜非常含蓄地指出了重建这个"历史程序"的困难,这一困难在我看来,恰好是"孩子"在这个历史程序中过于"膨胀"的后果。在整个《四书》的叙述中,"孩子"是全能者,它几乎可以控制一切人和物,这背后当然影射了"大跃进"专制与荒谬的事实,但从另外一个角度看,也同时抽空了"大跃进"这一历史事件本身包含的复杂性。"孩子"形象过于"强大"的后果是,整个作品似乎就是这个"孩子"的独角戏,其他所有人都成为舞台的布景或者道具。阎连科从贾平凹的极端走到了另外一个极端,那就是完全抽空了历史的写实性的一面,而用创造"文体"的方式来把历史转化为"纯粹"的形式。这正是程光炜所指出的:"显然,《四书》的故事梗概不足以让读者了解历史真相,反而是在用隐喻手段有意误导读者偏离历史事实。但从另一个角度看,这种误导意在保护作品的历史隐秘性。作家试图暗示,

---

① 程光炜:《焚书之后——读阎连科〈四书〉》,《当代作家评论》2012年第5期。

面对一个日常生活逻辑完全崩溃(或说是非颠倒)的年代,作家的任务并非照实摹写那里发生过的所有生活细节,而应该用另一种新的内在的逻辑对其加以颠覆,在颠覆之后予以重建。"[1]但问题的关键在于,如果新的内在逻辑本身就有问题的话,如何颠覆?又如何在颠覆之后重建?

按照阎连科的说法,我们大概可以揣测这种新的逻辑大概建基于两个方面。一个是在历史层面展开的,也就是上文程光炜指出的揭示中国当代史中被遗忘的"暴力程序";另外一个是在小说写作的层面展开的,这就是阎连科所言的"神实主义":"神实主义,大约应该有个简单的说法,即在创作中摒弃固有真实生活的表面逻辑关系,去探求一种'不存在'的真实,看不见的真实,被真实掩盖的真实。神实主义疏远于通行的现实主义。它与现实的联系不是生活的直接因果,而更多的是仰仗于人的灵魂、精神和创作者在现实基础上的特殊臆思。在日常生活与社会现实土壤上的想象、寓言、神话、传说、梦境、幻想、魔变、移植等,都是

---

[1] 程光炜:《焚书之后——读阎连科〈四书〉》,《当代作家评论》2012年第5期。

神实主义通往真实和现实的手法与渠道。"[1]而阎连科更大的雄心则在于通过后一种逻辑来拆解前一种逻辑,在"发现小说"的时候"发现历史"。但是正如有的批评家所指出的,阎连科的这种逻辑背后有鲜明的目的论:"他预设了'话题性'作为选择小说题材的目的,他也预设了某种'不存在的真实'作为小说创作的目的,以此为名,他可以用'特殊臆思'来粗暴地对待任何真实的生活,因为真实的生活是不重要的,重要的是'看不见的真实',而为了达到这'看不见的真实',可以牺牲一切真实。这是多么熟悉的逻辑,这不就是'老大哥'的逻辑吗?"[2]指责阎连科的逻辑为"老大哥"的逻辑,这明显是有些苛责了,但是也谨慎提醒了"小说逻辑"和"历史逻辑"之间的难以调和性。在我看来,阎连科实际上是以部分牺牲"历史逻辑"来换得"小说逻辑"的成功。在这个意义上,我以为作为一部在语言、文体、人物上都有所创新的小说,《四书》是值得称道的。但

---

[1] 阎连科:《发现小说》,《当代作家评论》2011 年第 2 期。
[2] 张定浩:《皇帝的新衣——阎连科的〈四书〉》,《上海文化》2012 年第 3 期。

是如果从重建历史程序、还原历史细部的角度来说,它依然失之简单。

由此我们可以看到王安忆、贾平凹和阎连科的历史写作都有一个共同的趋向,那就是试图将历史进行"文体化"或者说"风格化"。在王安忆的《天香》里,历史变成了展示景观的"小品文";在贾平凹那里,历史变成了诡异神秘的笔记体小说;而在阎连科这里,历史变成了一则寓言。相对而言,这种将历史文体化的努力在阎连科这里是最有自觉意识,也是理得最顺的。这种寓言化的文体因为符号化(孩子、学者、音乐等)的人物和《圣经》式的语言将历史内容普遍化了:

  大地和脚,回来了。秋天之后,旷得很,地野铺平,混荡着,人在地上渺小。一个黑点星渐着大。育新区的房子开天辟地。人就住了。事就这样成了。地托着脚,回来了。金落日。事就这样成了。光亮粗重,每一杆,八两七两;一杆一杆,林挤林密。孩子的脚,舞蹈落日。暖气硌脚,也硌前胸后背。人撞着暖气。暖气勒人。育新区的房子,老极的青砖青瓦,堆积着年月老极混沌的光,在旷野,开天辟地。人就住了。事就这样成了。光是好的,神把光暗分开。称光为昼,称暗为夜。有晚上,有早上。这样分开。暗来稍前,称为黄昏。黄昏是好的。鸡登架,羊归圈,牛卸了犁耙。人就收了他的工了。

这是一种非常"仪式化"的语言,这种"仪式化"与"孩子"的"仪式化"形象密切结合在一起,并通过一种哲学的抽象(小说中西西弗斯的故事)和道德的升华(小孩最后在十字架上自焚)来完成由历史到寓言的转换。由此"大跃进"的历史在阎连科这里变成了一个普遍的可以被类型化的"故事"。就好像那些流传久远的民间故事、《圣经》故事和童话故事一样,这个故事可以在任何时空中被阅读和传播,我再强调一次,对于小说来说,这是成功的,实际上,在上述三部小说中,《四书》是最具有可读性的。但是这种普遍性的背后,却潜藏着重大的"去历史化"的倾向。试想,如果有一天,我们像读《伊索寓言》一样去阅读和理解中国当代史,那该是一种多么可怕的遗忘和放弃?!

结　语

　　无论如何,历史叙事将构成我们称之为"大历史"的那个"历史"的一部分,而且在很大的程度上,它将成为阅读和传播最广的那一部分历史,"面对'文革',只有小说家一如既往,从虚构摩挲历史伤痕,并且不断反思政治和伦理的意义。我们因此可以想象未来研究'文革'最重要的资源不在史料或论述,而是在叙事"[①]。这不仅仅是因为小说家的执着和痴念,而更在于叙事作品本身所具有的"被普遍阅读并记忆"的优势。在这个意义上,长篇历史叙事承担了复杂的政治社会学的功能。它不仅仅是要还原历史的现场和细节(如果有所谓的现场和细节),更需要从当下生活着的情势出发,去重构历史各种细部的关系,将历史理解为一种结构而不是一种过去的事实,发现其内部逻辑与当下现实之间的隐秘关联,这就是本雅明所谓的历史唯物主义:

---

　　① 王德威:《暴力叙事与抒情风格——贾平凹的〈古炉〉及其他》,《南方文坛》2011年第4期。

"历史唯物主义者不能没有'当下'的概念。这个当下不是一个过渡阶段……这个当下界定了他书写历史的现实语境。历史主义给予过去一个'永恒'的意象;而历史唯物主义则为这个过去提供了独特的体验。"① 在最基本的层面,一部长篇历史叙事作品至少应该包括两个部分:第一是它应该有一种历史的经验陈述,这一经验由事实、材料、客观叙述甚至是个人记忆所组成;第二是它应该有一种历史观,这种历史观由叙述者的道德臧否、价值取向和审美喜好所构成,也就是说,它应该有一种不仅仅是基于个人经验的历史判断。在我的观察中,这十年来主要的长篇历史叙事都只是达到了第一层面,无论是《天香》《古炉》还是《四书》,在经验陈述上都各有其特点,这种特点甚至构成了某种"风格化"的东西。但也正是这种过于鲜明的风格化的东西——具体来说就是上文详细论述过的历史的景观化、"去成人化"的主体叙事和历史的寓言化——阻碍或者说

---

① [德]本雅明:《历史哲学论纲》,《启迪:本雅明文选》,[德]汉娜·阿伦特 编,张旭东、王斑译,生活·读书·新知三联书店,2008年,第274页。

遮蔽了历史判断。在这个意义上，这些作家的历史写作依然没有走出"90年代"。一方面，他们依然停留在对宏大叙事的表面拆解上，却没意识到他们避之不及的"宏大叙事"其实也是一个想象出来的意识形态，因此他们并没有认真去面对这个"宏大叙事"的遗产，在我看来，中国当代文学中的"宏大叙事"至少给写作提供了某种超越性的历史框架，而这种框架在90年代以来的作品中是严重缺失的，这使得90年代以来的历史叙事呈现为一种"历史的爬行主义"。另外一方面，他们依然执着于用所谓的民间史、地理志和乡土史去对抗所谓的"正史"，却没有意识到经过80年代以来近二十年的持续书写，这些所谓的"野史"早就变成了"正史"，它们恰恰是需要被反思和重新"历史化"的对象。

在这个意义上，21世纪第一个十年的长篇历史写作很难说是成功的，但这些写作依然值得尊敬和讨论，因为这些写作至少暗示了一种重建历史的勇气和决心。它们所暴露出来的种种问题，与其说是这些作家在面对中国复杂历史状貌时的顾此失彼，更不如说是重建历史本身就是一个西西弗斯式的过程。21世纪才刚刚展开,要这些与90年代意识形态保持千丝万缕关系的作家迅速就与过去"决裂",立即建构起新的历史框架和历史观,这恐怕也是一种"非历史"的要求吧。写作的问题永远不可能在内部自行解决——对于历史写作来说更是如此。如果现实的政治经济秩序依然在90年代的轨迹上运行,如果"资本—民族—国家"三位一体的圆环①无法找到缺口,真正有效的历史写作就不可能出现。因此,如何由外而内地解决写作主体、批评主体和接受主体的意识形态瓶颈,是当下历史写作面临的首要问题。

---

① [日]柄谷行人:《日本现代文学的起源》,赵京华译,生活·读书·新知三联书店,2003年,第5页。

短篇小说写作的"有效性"

——基于 2011 年发表出版作品的考察

一

在对 2011 年短篇小说发表数量做统计的时候,因为条件和技术手段的限制,我仅仅对 40 种公开发行的主要文学期刊(不包括港澳台的文学期刊)做了统计,约合 1261 篇。除此之外,主题杂志书《鲤》《文艺风赏》《天南》等发表短篇小说 50 余篇。这个统计数目不包括各种地方期刊,也不包括庞杂的网络写作。如果把这些全部统计进来,我想这将会是一个庞大得惊人的数字。之所以要做这样一个并不全面的统计,主要基于两点原因:第一是我在查阅 2008 年、2009 年、2010 年关于短篇小说(包括中篇小说)的年度综述的时候,发现没有相关数量的统计,我认为这种统计学的缺失不利于对整个文学创作的情况做全面的了解。更重要的是第二点,任何时代文学创作首先是从数量开始的,如果没有大批量的创作,好作品就无从说起。批评家往往以高蹈的姿态强调杰出作品,但却没有意识到一个问题,对于当下正在行进着的文学写作而言,作品的数量即使不能说明全部问题,至少也能凸显一个时代文学生活的一些重要走向。也正是基于这一点,我根据题材对所统计的1300多篇小说进行了细分,其中城市题材810篇左右,占总篇目的62%;农村题材、历史题材以及其他题材的为490篇左右,占总篇目的38%。从这个比例可以非常直观地看出,书写当下中国城市生活的短篇小说占了绝大部分。

除了期刊发表以外,短篇小说集的出版也是2011年短篇小说创作的重要组成部分。蒋一谈的《赫本啊赫本》收入7部短篇,其中的《赫本啊赫本》以对越自卫反击战为背景,以父女通信的形式书写当代中国人在社会转型期的苦闷、困惑和出路,被认为是关于对越自卫反击战题材的一朵奇葩。[1]《芭比娃娃》则描写农民在大都市的遭遇,书写中国人在现代城市化进程中的道德困境。整部小说集有突出的故事创意和文体意识,是近年来难得的具有探索性的作品集。李洱《白色的乌鸦》收入了作者近年来创作的20余部短篇,大部分内容以都市男女的生活困境为出发点。李洱非常善于通过某一个细微的触点引爆生活的火药桶,在冷静的叙述中夹杂复杂的视角,整体水平极高。劳马以非职业身份贡献了本年度很有特色的短篇小说集《潜台词》。这部小说集以一种类似于美术速写的方式刻画了当代生活中一些不易察觉的瞬间,而在这些瞬间的背后,呈现的是精神生活的无尽深渊。作家阎连科认为它是"小说背后的小说。让我们看到了一片跳荡着欢乐浪花的湖泊下面涌动着的沉寂的力量和那力量是如何转化为浪花之笑的湖纹水波"[2]。邱华栋在本年度出版了两本颇有分量的短篇小说集《可供消费的人生》和《来自生活的威胁》,共收入新旧作

---

[1] 杨庆祥、刘涛、徐刚:《21世纪的先锋派——蒋一谈小说三人谈》,《当代作家评论》2011年第1期。

[2] 阎连科:《"幽锐体"的短圣追求——读劳马小说〈潜台词〉》,见劳马:《潜台词》,天津人民出版社,2011年,第1页。

60篇,这些作品"给我们描绘了中国新兴的中产阶层、社区人的感情和精神困境,进一步强化了这个时代性的困境。邱华栋是想通过重聚那些欢乐、希望和信心的碎片,来抵抗生存的寒冷、孤独和溃败对人物内心的侵蚀,以期把人物从沉重、飘散的生活状态中解放出来"[1]。黄惊涛的《花与舌头》被认为是小说中的"野孩子",在这些"野孩子"的背后呈现出某种寓言式的结构,但同时,正如李敬泽所言:"作为一种寓言——反寓言的小说就生成了。它内在地包含着概念和观念,包含着某些思想前提,但更包含着思想在广袤的人类生活中的延伸、扭曲、纠结、反讽。"[2]盛可以的《可以书》收入了15部短篇,以其一贯的冷酷犀利风格"将这个世界貌似深刻的表层刀刀割开,让生活本身露出自己的肌肉、血管、神经、溃烂的器官以及种种肮脏甚或卑微的真相"[3]。瓦当的《多情犯》关注青春期的幻想和冲动,并以略

---

[1] 解忧顺:《经历着都市中的一切现实》,《新京报》,2011年7月23日。

[2] 李敬泽:《序 不服管理的舌头》,《花与舌头》,黄惊涛著,生活·读书·新知三联书店,2011年。

[3] 张楚:《序 那些散发地母般庞大气息的人物》,《可以书》,盛可以著,吉林出版集团有限公司,2011年,第3页。

带戏仿的叙述语调制造了一种有效的距离,充满了不俗的创造力。

无论是数量庞大的单篇作品,还是结集出版的作品集,关注当下中国社会日新月异的变化,并以小说的形式把这些变化予以书写、定型,进行寓言化,解释当下中国人的遭遇和困境,是这些小说最主要的面向。因此,与以往小说关注时间性的叙述不同,2011年中国短篇小说具有突出的"空间性"特征,这不仅仅是指小说的背景绝大部分是发生在城市或者与城市密切相关的地域——比如城乡接合部或者城乡交叉地带——更重要的是,这些写作试图在不同的空间中寻找一种更为有效的位置来放置人的情感和尊严。这一现象印证了我的一个大概的判断——在当下的中国,城市正日益成为我们想象这个世界的基本视域,也正是在这一点上,城市成为"故事"(也可以说是小说)更重要的发生之所。这并不是说在城市之外就无法产生故事或者小说,而是说,如果没有"城市"这一空间的参照,就无法理解目前正在行进着和变化着的中国社会,这是"现代"这一魔咒般的历史给予中国和中国文学的宿命,同时也是一种机会和挑战。如何在当下的城市生活中发掘出具有高度精神内涵的故事、人物甚至是一种文学语言,是未来中国写作的一个难题。对这一难题的攻克程度,将会成为衡量一个作家写作的重要标准。

二

因为篇幅的限制,本文的文本分析集中在 20 余部短篇作品。需要说明的两点是:第一,这些作品是基于我对近 2000 篇短篇小说阅读后做出的一个基本的判断和选择,不可避免地带有我个人的经验和趣味;第二,这些作品虽然有不同的题材、形式和言说方式,但都集中反映中国当下日常生活这一包容性的主题。

李洱《白色的乌鸦》通过丈夫和妻子的双重视角,揭示出当代家庭生活的平庸无聊,这种无聊源自可能性的消失,只有在醉酒的短暂麻痹中,主人公才似乎"听到了陌生人的敲门声……被抑制了许久的快乐,在每一次可能性中,都得到了尽情的释放"。这部短篇在表面的平静中暗藏戏剧性,以一种幽微的语调叙述了当代都市生活的分裂,以及男男女女为抵制这种困扰而刻意制造的暧昧。铁凝的《海姆立克急救》写的是婚外恋,通过层层推进的叙事方式,把人物内心的焦虑形式化为一种外在的自虐式的身体操练,蕴含了某种"罪与罚的救赎的可能"[1]。王手的《西洋景》以片段的形式叙述发生在地下车库的"偷情"与"偷窥",都市生活的私密性为种种不轨提供的只是表面的便利,所有的"西洋景"其实都在"看"与"被看"中被放大和变形。晓航的《碎窗》写的同样是婚外情,但展现出一派明快亮丽的风格,商人赵晓川与美术系毕业的女孩林清邂逅,然后不冷不热地保持着一种暧昧的关系。有意思的是,晓航这部作品里面没有同类作品常有的某种急不可待的道德说教姿态,相反,他以一种很轻盈的带有智性的情节转移了小说的主题:感情出轨的故事变成了智力博弈的游戏,最后,所有人都在其中收获到了自己想要的东西。以家庭生活、男女情感为内容的作品往往占据了城市书写的大部分,在这些书写的背后,透露出了重要的信息:在中国的城市化进程中,

---

[1] 洪治纲:《2011年短篇小说综述》,《文艺报》2011年12月23日。

传统道德秩序的解体要求重建一种新的伦理秩序来安置这些紧张而精力充沛的灵魂。正如萨义德所追问的:"男人和女人还有什么别的方法能够创造出相互的社会关系,以替代那些把同一家族成员跨越代际连接起来的纽带呢?"①

在另外一个向度上,因为重建的过程是如此艰难,对城市和现代生活的不信任也成为作家书写的一个重要主题。在这个主题里面,包含了一系列现代以来文学的原型:堕落、异化、挣扎,以及由此产生的无以名状的乡愁。城市首先被视为一种危险的场所,甫跃辉的《飓风》以一幅风景画的客观描摹方式呈现了在突如其来的飓风中一个老人和一个小孩的挣扎。在飓风中他们无能为力,正如他们在庞然大物的城市中无能为力一样,城市因此呈现出它的非人性、残忍的象征意义。姬中宪的《四人舞》通过对"老太、老头、男人、女人"四个高度符号化人物一个晚上的日常活动描写,刻画了城市生活的隔膜、孤独和无序,一种神经质般的情绪弥漫在作品中,并通过"四重奏"的叙述方式予以释

---

① 萨义德:《世界 文本 批评家》,李自修译,生活·读书·新知三联书店,2009年,第27页。

放,渴望的交流最终不可得——"天光大亮,各自东西"。城市生活虚拟了一种想象性的身份和秩序,这种身份在大都市更是成为一种虚假的文化象征,一旦这种虚假的身份遭到嘲笑和攻击,立即显露出它的脆弱性。在贺芒的《不速之客》里,昔日的小镇同学来到了身居大上海的肖如的家里,女人之间的竞争最后变成了一种身份的区隔:"别瞧不起我们偏远小镇来的人,别忘了,你也是从那里出来的……告诉你,想变成真正的上海人,你还早着呢!"为了变成真正的城市人,多少灵魂被丢失,在手指的《寻找建新》里,"进城"重复了老舍《骆驼祥子》的故事原型,昔日健康、向上的同学建新已经在灯红酒绿的城市生活中失去了他的本真和朴实。也许投身于滚滚的物质生活是一种即时性的解脱,于是,在李萧萧的《迷失动物园》里,叙述以一种癫狂的方式展开,泥沙俱下的物象、呓语一般的独白、紧张的辩驳构成了一个独特的小说文本,商品拜物教试图填充都市人空虚的内心,但却让其更加失重,作者最后在北京著名的小商品批发市场动物园并没有找到自己的所得,她追问:"我在这里穿梭着,我的廉价的快乐还能找回来吗?"

《迷失动物园》从这个意义上回应了波德莱尔关于现代性困境的叙述,在"拱廊街"琳琅满目的商品面前,需要一个"游荡者"的灵魂才有可能重构主体。但是一旦这种"游荡者"的自我意识遭到阉割,则可能成为一个精神官能症患者。劳马的《非常采访》即是一个精神官能症患者的典型自白,通过戏仿现代媒体与人的心灵的对话,劳马叙述了人的自我是如何在各种权威、制度和规则中被扭曲、被压抑,最后被自我消解,于是"自我"成了"自我"的敌人,这是这部形式独特的作品背后隐藏的普遍哲学。

任何一种主题都要产生它的"反主题",任何一种寻找、失落背后都藏有拯救的希望。博格斯有言:"一代代的人总是重复讲述两个故事:其一为迷失的船在地中海寻找美丽的岛屿,另一个则是一位神祇在骷髅地被钉上十字架。"[1]中国当下城市生活的危险性并不能湮灭人性的温暖和互帮互助的努力。在邓一光的《宝贝,我们去北大》中,汽车修理工王川和妻子傅小丽陷入了"不育"的恐慌,与个

---

[1] [加]弗莱:《世俗的经典——传奇故事结构研究》,孟祥春译,上海人民出版社,2010年,第16页。

人身体的孱弱形成鲜明对比,小说花了很多篇幅极力描述机器(汽车)的性感和力量。这是工业社会"人—物"倒置的一种审美原则,但小说的可贵之处在于没有停留在这种"异化"的层面,而是强调人类之"爱"能够成为洞穿机械时代的一种光亮。在这个意义上,小说回应了布罗茨基极其著名的判断"在现代社会,爱情是一种形而上学的东西"。邓一光在本年度还发表了《乘和谐号找牙》《在龙华跳舞的两个原则》《深圳在北纬22°27′—22°52′》《罗湖游戏》等围绕深圳这座中国现代城市展开叙述的小说,这些作品以敏锐的视角触及了中国城市化进程中的物质剧变和精神浮沉。在我看来,由于深圳在中国改革开放历史脉络中的独特地位,对它的文学叙述必然会关涉中国当代史的方方面面,因此,我认为邓一光的这种尝试极其重要并对此抱有高度期待。徐则臣《轮子是圆的》有其独有的风格,小人物借助原始的发自生命内部的力量与世界进行搏斗,由此呈现出一种蓬勃旺盛、意气风发的美感。邱华栋的《内河旅行》和王祥夫的《A型血》提供了交流和沟通的可能性。《内河旅行》中的母亲得知15岁的女儿怀孕,母女间由此而卷入对已然生活的怀疑和不信任中。整篇小说完全依靠对话来推动故事发展，在表面的平静下潜藏有冲突的可能，但是对话——一种优雅的言说行为——克制了粗鲁的爆发，母女在内河航行中逐渐清理了彼此的历史，于是，和解变得顺理成章。《A型血》中的女护士对无臂残疾人的生活充满了好奇，这种好奇随着深入了解变成了一种更纯洁的情感：通过模拟无臂残疾人的生活，女护士感觉到了生活本身的庄严。凌可新的《星期天的鱼》似乎也可以放在这个谱系中，但之所以选择这篇小说，更主要的原因是在于虽然它有一个目前流行的"官场小说"的外形，但是由于作者对于细节的打磨，而脱去了某种庸俗之气。

瓦当的《去动物园漫步才是正经事》和颜歌的《悲剧剧场》充满了形式感。《去动物园漫步才是正经事》以奇特的想象力书写了不可能实现的爱情在"变形"的情况下获得了实现，男孩女孩变成了动物并在众人的注视和围观中沉入大海最深部，卡夫卡式的荒诞中带有一丝青春年少的温柔。《悲剧剧场》以元小说的形式讲述了小说家刘蓉蓉的故事，作品一再中断正在进行中的叙述，不断回溯过往，在

"互文性"的叙述中呈现扑朔迷离的作为现实生活映射之一种的小说世界。

城市空间是一个可以无限延伸的延长线,在这条延长线上,国族和文化的幽灵一直纠缠其中,尤其当故事以跨越国界的背景出现之时。蒋一谈的《中国鲤》是这方面的杰作。《中国鲤》以"非虚构"的新闻报道为背景,讲述美国人捕杀中国鲤的故事,这是一部极具隐喻性的作品,暗示了当下中国在全球语境中的尴尬和不确定性。故事的结尾读来有些仓促,但是作家已经自圆其说[①],有破绽的故事也许更加吸引读者。张悦然的《湖》有浓得化不开的情绪,但故事的轮廓依然清晰明朗,旅居异国的女导游与来自祖国的作家发生了一夜情,这不是简单的肉体的偷欢,实际上,对于女导游来说,肉体接触的快感并没有那么强烈,更重要的是她潜意识中对身份不确定性的焦虑得到释放,对于漫游于世界各地的华人来说,这也许是一个悖论式的难题。笛安

---

① 蒋一谈在访谈中解释这是故意留下的"破绽"。见蒋一谈、王雪瑛:《中国需要这样的作家——蒋一谈访谈录》,《上海文学》2011年第9期。

的《白票》讲述发生在法国大学里的一次投票故事,我将这一散文化的叙述视为小说,是因为作品以寥寥数语即能立体式地刻画出一个人物,并能揭示出普遍的人性弱点,其中的细微如烛照,是见功底的写作。

葛亮的《浣熊》和汪彦中的《警车杀人事件》带有陌生的气息。在《浣熊》中,这种气息体现为葛亮娴熟地使用悬疑、侦探甚至是情色文学的因素把一个下层奋斗的故事改写为好莱坞式的香港传奇。稍微带有压抑感的叙述正如那缓缓逼近的台风"浣熊",在故事的结尾凸显出酣畅的快感。弗莱曾有言:现实主义在本质上是另外一种传奇。葛亮关于香港的书写和想象似乎证实了这一点。汪彦中的《警车伤人事件》叙述人工智能高科技警车04001号试图逃脱人类对它的有效控制,并对公共生活构成了威胁,最后解决的办法让人啼笑皆非:这些"警车"迷上了电子游戏《神兽世界》,为了能够获得打游戏的权利,它们主动缴械投降。这是一篇发表在《科幻世界》上的"科幻小说",但是在我看来,这一幻想基于对现实世界的讽喻,现实世界和幻想世界在此结构为一个叙述(小说)世界。科幻写作在最近这些年构成了一个巨大的存在,它们为当代写作提供了新的刺激。

三

本来应该就此打住,把发言权留给读者,但出于职业的习惯,我还要再饶舌几句。如果从这几年中国当代文学的创作走向来看,我觉得一个比较明显的趋势是,长篇给人的感觉越来越疲软,很多的长篇都是铆足了劲硬拼出来的,态度固然可取,结果却不容乐观。与之形成对比的是短篇创作的兴盛,很多的作家,尤其是一些年轻的作家把更多的精力投入短篇的写作中。这是一个非常良性的写作生态,经营短篇意味着回到一种更纯粹的写作学,对于初学者来说,这是一种训练;对于以短篇小说为写作理想的作家来说,则可自成风格流派。这种"写作学"意义上的自觉将可能是中国当代文学的一次深度调整。文学的含义当然无比广阔,但是在最基本的意义上,它要求作家有熟练工人一样的处理文字和素材的能力,在这一点上,没有比短篇小说和诗歌更能代表一个时代文学的综合水平的了。

写作学上的自觉会催生文体意识的自觉。中国的短篇小说长期停留在"横截面"的文体规范和"短平快"反映生活的功能论之中，短篇写作常常是千人一面。这几年的变化是，作家开始有意识地背离这种陈旧的文体规范，借鉴不同的写作资源，开辟新的文体形式。比如在叙述视角上，20世纪50年代出生的作家往往采用全知视角，叙述者控制文本的欲望特别强烈。但是在蒋一谈、李洱、邱华栋的作品里面，几乎采用的都是限制视角。比如邱华栋作品里面始终有一个"倾听者"，这个"倾听者"可以称之为"听故事的人"，而他作品中的人物，正是在这种倾听中呈现出丰满的性格。再比如故事结构，蒋一谈小说的一个显著特点就是几乎每篇都有一个自成一体的结构，同时在叙述中特别强调故事的"间离"、陌生化效果，通过这种方式他恢复了故事的新颖和陌生。

我一直坚持的一个观点是，小说尤其是短篇小说，应该花更多的精力书写当下生活，正如李敬泽先生所言，写2011年的生活比写1911年的生活更有难度，更有建设性。通观2011年的短篇小说，在书写当下、为当下立言这一方面是值得肯定的。但同时需要警惕的是,书写当下绝不是直接把生活复制过来。现在有一种比较流行的观点,就是认为生活比小说要精彩,要复杂,所以小说只需要直接描摹生活即可。实际上,这一论点的最大问题在于没有意识到,所谓的"生活"同样是叙述出来的,要么是媒体的叙述,要么是他人的叙述,之所以精彩,恰好是因为这些叙述采用了一定的文学修辞方式。今天的媒体从业者大多数接受过基本的写作学训练,而其职业的直接性和快捷性更是占有优势。因此,如果我们的作家只是止步于描摹生活,就无法把新闻和小说进行有效的区隔,甚至有被新闻甩在后面的危险。从另外一个角度看,全媒体时代新闻的强势会刺激作家更新讲故事的方式,不仅要讲故事,还要创造故事。创造故事就是创造一种生活的可能,这是文学对作家更高的要求。

创造一种什么样的生活,这关涉到作家与这个世界的关系,这是我最后要谈的一点。长期以来,中国当代文学停留在一种简单的"对抗式"的写作中,以一种"假想敌"去定位自我和这个世界的关系,结果是大量的"憎恨"文学的出现，相伴随的是极端美学风格的盛行。而在这几年的短篇小说中，我看到了一种"对话式"的写作，文学不应该与世界为敌，或者说，文学与世界为敌只能是文学的一部分，而不应该是全部，无论如何，文学应该创造的是一种"善"，是在对话和沟通中达成的一种理解和尊重。

我以为这才是真正有效的写作。

"非虚构写作"的历史、当下与可能

一、"非虚构写作"的问题意识

从传播的效应和扩散的程度上来说,"非虚构写作"是近年来最重要的文学概念。根据研究者的考证,早在2007年"《钟山》杂志就开设了《非虚构文本》栏目……但直到《人民文学》2010年2月打出'非虚构'的旗帜,这一概念方在中国大陆推广开来"①。在批评家看来,"'非虚构'是在《人民文学》、创作者以及大众趣味合力作用下的产物,其内里,系'利益'的调适与妥协"。具体来说就是:"'非虚构'的出炉,乃意识形态、知识分子、大众在文学领域的一

---

① 李丹梦:《"非虚构"之"非"》,《小说评论》2013年第3期。

次成功合作,利益的'交集'或曰合作的基点,即前文所述的'中国叙事':《人民文学》于此看中的是正统风格的延续,对文坛(尤指市场语境下个人写作的无序化)的干预;知识分子则趁机重建启蒙身份,投射、抒写久违的启蒙情致;大众则在此欣然领受有'品位'的纪实大餐。三方皆大欢喜,'吾土吾民'就这样被'合谋'利用了。"①

从观念的层面来说,上述分析有其道理,虽然某些断语带有"挑剔"的臆测。不可否认的是,"非虚构写作"自提出之际,对于其命名的逻辑和合法性一直就存在争议。其中争议最大的就是如何区分"非虚构写作"与"纪实文学"或者"报告文学"差异。这样的争议在某种意义上是去语境化的,因此也就不会有合适的答案。甚至为"非虚构写作"在中外文学史上找一个可以凭借的传统也是一种缘木求鱼之举:在西方,它的源头被追溯到卡波特的《冷血》,而在中国,它的源头甚至被追溯到夏衍的《包身工》。实际上,就"非虚构写作"在其发源地美国的情况而言,其命名也曾一度与"新新闻主义"界别不清。当卡波特为《冷血》命名为

---

① 李丹梦:《"非虚构"之"非"》,《小说评论》2013年第3期。

"非虚构写作"后不久,"新新闻主义"的旗手汤姆·沃尔夫便将其归于自己创立的"新新闻主义"名头之下,以至于我们很难厘清两种定义背后所包含的作品。不过从另一方面来说,这也正是20世纪60年代美国文学和新闻界所面临的状况,文学与新闻间某种清晰的界线正在消失,冠以"非虚构"或"新新闻主义"的作品被武断打包为整体,如汤姆·沃尔夫所言,构成了"当今美国最重要的文学"[1]。诸如杜鲁门·卡波特、诺曼·梅勒等美国小说家和以汤姆·沃尔夫、盖伊·泰勒斯为代表的记者,缘何同时发现了"非虚构",并以较为一致的姿态进行写作?其背后动机或许难以脱离当时社会现实动荡的状况。美国20世纪60年代有着完全区别于50年代的景观:肯尼迪遇刺、阿姆斯特朗登月、越战、暴力人权运动、吸毒文化、性革命……现实以令人错愕的超速度发生、发展并形成新的景观和结构。无论是小说家还是记者,他们都发现了固有的写作方式难以书写和解释这种现实的复杂性。现实事件超过小说家的想象

---

[1] [美]罗布特·博因顿:《新新新闻主义:美国顶尖非虚构作家写作技巧访谈录》,刘蒙之译,北京师范大学出版社,2018年,第1页。

力,他们明显感到"缺少能力去记录而反映快速变化着的社会"①,而新闻界遵从的写作陈规也无助于从业者向自己的读者解释这个世界的变化。"非虚构写作"的诞生正是为了应对这场危机,试图更成功地反映美国现实的变动。单从文学史的角度看,"非虚构写作"为文学带来了三点新质素:第一,形成融合小说、自白自传、新闻报道等特点的综合叙述形式;第二,拒绝虚构人物和情节,作家自身即为事件的"目击者";第三,"非虚构"成为现实主义作家一种应对激变社会的主流叙述方式。

从起源看,美国"非虚构写作"的语境显然与中国不同,我更倾向于将国内的"非虚构"放在严格的短语境中来予以辨别——即放在 1990 年代以来的中国文学语境之中对之进行定位。在这个语境中,中国的"非虚构写作"找到了自己的问题应对,概括来说有以下几点:第一,针对 1990 年代以来"个人化"甚至"私人化"的写作成规,"非虚构写作"强调作家的"行动力",田野考察和纪事采访成为主要

---

① [美]约翰·霍洛韦尔:《非虚构小说的写作》,仲大军、周友皋译,春风文艺出版社,1988 年,第 6 页。

的行动方式,并成为"非虚构写作"的合法性基础;第二,针对1990年代以来小说文本的形式主义倾向和去历史倾向,"非虚构写作"强调跨界书写,并在这种跨界中试图建构一个更庞杂的文本图景;第三,针对1990年代以来的消费主义和娱乐化的书写,"非虚构写作"强调一种严肃的作家姿态和作家立场,[①]并在某种意义上强调作家的道德感,从而有让作家重新"知识分子化"的倾向。总的来说,"非虚构写作"不是"不虚构",也不是"反虚构",它实质上是要求以"在场"的方式重新疏通文学与社会之间的对话和互动。在这个意义上,讨论"非虚构写作"的真实性就变成了一个重新落入"反映论"窠臼的危险思路,或者说,"真实性"并非是绝对主义的,而是相对主义的。如果说"非虚构写作"有一种真实性,这一真实性应该从以下两个方面去考量:第一,其所描述的内容是否拓展了我们对当下中国现实的认知;第二,在这一写作行为中作家的自我意识在多大程度上符合一种伦理学上的真诚。实际上,能够将这两者结合起来的"非虚构"作品并不多见,李丹梦就曾尖锐批评慕容雪

---

① 比如《天涯》就常设有《作家立场》这一栏目。

村《中国,少了一味药》中"不真诚"的姿态:"一副孤胆英雄的模样,跟传销窝里的'虾米'自然不可同日而语。然而,《中国,少了一味药》究竟是要呈现传销者的生存状态,还是为了成全一个'好故事',完成一段个人的传奇?"①即使是赢得普遍好评的"非虚构写作"代表作品《中国在梁庄》《出梁庄记》也难免于类似的质疑。这里遭遇到的是"底层文学"同样的困境,当"底层"被客体化的同时,也就意味着一种"非同一性"开始产生了,这个时候,作家的自我意识和写作姿态就变得可疑起来。从"底层文学"到"非虚构写作",这背后折射的是中国文学的一种征候性的焦虑,这种焦虑在于对现代文学的内在性装置的误读:文学与社会被视作一种透明的、直接的、同一性的结构。因此形成了双向的误读——社会要求文学对其进行同时性的、无差别的书写,而文学则要求社会对其书写做出回应,甚至认为可以直接改变社会的结构。这种认知的根本性问题在于忽视了文学与社会对话的中间环节——语言。语言的"非透明性"和"形式化"导致了文学对社会的书写必然是一种折射,而

---

① 李丹梦:《"非虚构"之"非"》,《小说评论》2013年第3期。

社会对文学的回应固然千姿百态,但根本还是建立在阅读和想象的基础之上。至于其后面的行为实践,已经不是文本所能规范的。因此,如果说"非虚构写作"有效的话,它的有效性仅仅在于文学方面——它丰富了当下文学写作的状貌,而非社会学方面。悲观一点说就是,"非虚构写作"的写作者或许能改变或者完成自己,但是无法在政治经济学的意义上改变或者完成他们书写的对象。

二、"非虚构"与"虚构"的关系

有必要对"非虚构"与"虚构"的关系再多说几句。从字面的意思看,"非虚构写作"的直接对应物是"虚构写作"。虚构主义以先锋小说为代表,其中尤其又以马原的《虚构》为典型文本。在这种虚构主义写作里面,对元叙事的刻意追求破坏着小说故事的连续性和统一性,故事的所叙时间被故意延宕、中断和强迫中止,"我是那个叫马原的汉人"成为经典的陈述,而吴亮由此总结的"叙述圈套"也成为该时期流行的叙事方式。这种虚构主义写作解构的是强现实主义的社会主义文学传统,在这一传统里面,全知全能的叙述者,高度统一的精神主体和与意识形态相呼应的结构都已经无法表现"新的现实性",一个逃逸、游移不定的叙述者由此诞生。虚构主义中断了小说与现实一一对应的关系,淡化了背景、环境和历史事实,它构成了另外一种普遍性的陈述结构。自1980年代中期开始,它至少影响了中国小说写作近30年时间,并在某种意义上构成一种内在的结构,以至于我们离开了马原、余华、莫言等人就无法来谈论当代小说写作。

虚构主义应对强现实主义社会主义文学的方式,是走到它的反面,或者说"逃离",而并非试图对其进行改进和提高。这便意味着,虚构主义无论是否出于自觉,都在某种程度上阻碍了现实主义创作手法在中国当代的进一步演进。这一论述看起来过于武断,且有明显的后见之明的意味。但我们不妨对照美国1960年代"非虚构"作品大盛的景况来看,"非虚构写作"就一种叙事工具而言,正是由于作家对以传统现实主义方法书写当代的不满情绪,以及力图革新创作手法的动机才兴起的。当传统现实主义对变动不居的现实解释乏力之时,"非虚构写作"便以现实主义的

"改革派"面目出现。虽然我们不能简单地将"非虚构写作"看作是现实主义的更高级形式,但这不妨碍我们将其理解为一条被拓展的、解释现实世界的路径。按照学者李松睿的看法,从自然主义、意识流到表现主义的种种文学创新,都可以看作是"在某个层面补充或改写了现实主义描绘生活的方法,现实主义文学始终是他们对话的对象"[1]。他进而补充道,从19世纪到20世纪,现实主义文学一度统治着人们的感知模式,人们正是凭借现实主义手法"操纵"下的虚构来理解真实的。脱离这种虚构,则意味着人们将无法构建对世界的知觉。稍后20世纪极端残酷的历史和媒介变革改变了大众对于"真实"的感知方式,传统现实主义所描述的"真实"不再让人信服。美国"非虚构"作品的创作,无疑是作家们对此的回应,与中国1980年代先锋派小说的创作路径相反,1960年代的美国作家们,试图在现实主义框架内寻找出路。而1980年代以来,中国小说虽然在技巧、结构等"虚构"层面上日益精湛,但现实主义文学

---

[1] 李松睿:《走向粗糙或非虚构?——关于现实主义的思考之六》,《小说评论》2020年第6期。

的创作却受到了一定程度的抑制甚至遮蔽。

虚构主义写作的经典化以及现实主义文学的受挫,带来了影响深远的后果。至少从小说美学的角度来说,它导致了一种最直接的社会和历史的退隐,与这种社会与历史在小说中的消失相伴随的,是"公共生活"在小说写作中的退场,这也正是1990年代"私人叙事"兴起的必然逻辑。小说变成了一种私人的自述,它在越来越深的程度上变成了一种封闭的系统,因为自恋,无力和无法应对更复杂的思想对话而遭到了普遍的质疑。

"非虚构写作"的重要发起人和倡导者李敬泽敏感地指出了问题的症结:"文学的整体品质,不仅取决于作家们的艺术才能,也取决于一个时代作家的行动能力,取决于他们自身有没有一种主动精神甚至冒险精神,去积极地认识、体验和探索世界。想象力的匮乏,原因之一是对世界所知太少。"[1]也就是说,"非虚构写作"其实有两个指向,行动指向的是经验,而经验却需要想象力来予以激活和升华,这里

---

[1] 《〈人民文学〉公开征集非虚构写作项目》,《新民晚报》2017年10月27日。

面有"非虚构"和"虚构"的微妙辩证,正如我在前面提到的,非虚构不是"反虚构""不虚构",而是"不仅仅是虚构"。它需要原材料,而对这个原材料的书写和加工,还需要借助虚构和想象力。

遗憾的是,很多"非虚构"作品基本上停留在"反虚构"的层面上,并且将"非虚构"与"虚构"进行一种简单的二元对立的区分,这导致了一些"非虚构作品"甚至无法区别于传统的"报告文学",作家的主体性停留在"记者"的层面,而没有将这种主体性进一步延伸,在想象力(虚构)的层面提供更有效的创造。如果说"虚构主义写作"因为对历史和社会的回避而导致了一种简单的美学形而上学和文本中心主义,那么"非虚构写作"则因为想象力和形式感的缺乏而形成了一种粗糙的、形而下的文学社会学倾向。学者黄文倩就敏锐指出了"非虚构写作"思想深度的勘探问题,认为"虚构"将有助于解决"非虚构"的困境。"当我不断反省这种'非虚构'自身所存在的矛盾时,我认为中和这种矛盾,或说提升非虚构书写的理论与实践意义,一种方法恰恰在于以虚构的精神为他者"①。以虚构精神作为他者,意味着进行"非虚构"创作时,同时以"虚构"为它的坐标系。如果说文学是在以经验与虚构为两极端点的线段中移动,那么当它无限接近于经验或"非虚构"写作时,我们除了强调真实,还应强调该种写作与"虚构"间的互动。即"非虚构"以虚构为镜,以虚构"映照出非虚构书写特殊性与深度的方式",否则,"非虚构"将"容易执着或固着在一些实用主义或工具主义倾向的非虚构现场"②。

以"非虚构写作"的代表作家梁鸿为例,"梁庄"系列的开创意义不仅在于对中国乡村图景深度介入与还原,帮助大众建立起对一个时期中国乡村的想象,也在于在文体层面为"非虚构写作"提供了诸多经验。在如何平衡"非虚构"与"虚构"关系问题上,通过最近出版的《梁庄十年》,她也给出了自己的回应。在"梁庄"系列的前两部作品中,梁鸿试图对乡村进行整体性思考,且含有作者预设的"问题意识",在新作中,这两点均得到了一定的弱化,取而代之

---

① 黄文倩:《"非虚构"的深度如何可能》,《今天》第115期。
② 黄文倩:《"非虚构"的深度如何可能》,《今天》第115期。

的是人与人之间的"对话""闲谈",以及由此生发出的乡村日常生活气氛,用梁鸿的话说,"我在《梁庄十年》写作过程中,把社会问题稍微靠后一点点……我的一个真实写作的倾向是跟日常生活有关系的"①。梁鸿这一写作倾向的转变,意味着她需要在"非虚构写作"内部做出相应调整。在《梁庄十年》中,我们首先看到的改变,来自叙事者/作家介入事件程度的弱化。不少的篇幅一度隐藏了叙事者,全然使用第三人称平铺直叙。叙事者的缺席使这部"非虚构"作品变得难以指认,我们既可以把它当作小说,也可以当作散文。在那些叙事者始终在场的篇章中,如《丢失的女儿》,叙事人也并不频繁现身,只处于谈话场景外围,如同一架沉默的摄像机,只是记录。其次,写作视角的转化,从比较明显的知识分子视角转为温情脉脉的同乡人视角,作者不再居高临下、痛心疾首地发问,而是设身处地,关心每个乡人的现实处境。尤为动人的是第二章关于乡村女性境遇的书写,燕子、春静、小玉等女性形象跃然纸上,她们各自

---

① 仲伟志:《晃动的十年:梁鸿的中国在梁庄》,https://mp.weixin.qq.com/s/sdUKzvZ2R0mxi5jaFGei3Q。

的遭遇很难让读过的人不与之"共情"。从"俯视"到"平视"的视角变化,体现在梁鸿克制而深情的叙述中。"春静的眼睛依然明亮。但是,如果仔细观察的话,会发现略微迟钝,缺乏必要的反应,那是被长期折磨后留下的痕迹。整个脸庞没有一点光彩,泛黄、僵硬,神情看上去很疲倦。她给人的感觉就好像心早已被击碎了,只是胡乱缝补一下,勉力支撑着活下去,再加上她略微沙哑、缓慢的声音,看着她,就好像她曾被人不断往水里摁。"[①]这带有明显文学意味的描述使"非虚构写作"不再是调查式的客观陈述。梁鸿在《梁庄十年》中所做出的种种尝试和努力,可以看作是当代作家对于"非虚构写作"中存在的粗糙社会学倾向的一种有意味的调整。

三、"非虚构写作"的可能性

从本质上说,"虚构主义写作"所强调的文学的形式主义和"非虚构写作"强调的文学的社会学倾向,其实涉及内宇宙与外宇宙这样一组二元对立的关系,"虚构主义"更强

[①] 梁鸿:《梁庄十年》,上海三联书店,2021年,第209页。

调内宇宙,世界内化为作家自我的指涉游戏;而"非虚构"试图从这一个人幻觉中走出来,寻找一个更开阔的世界。但问题在于,无论是内宇宙还是外宇宙,这个"宇宙"(世界)都只是此时此刻具体存在的环境、制度和意识形态空间。它的边界因为这种具体性而变得非常确定,它导致的直接后果是,写作者无论是内化这一世界还是外化这一世界,它都只是在这个世界之内进行经验的描述和想象的组合,想象力在这个世界的边界处停步了!也就是说,既有的制度、环境和意识形态构成了一种禁忌,以致我们已经不能在这一秩序之外去想象另外一种可能性的秩序了。这大概是读者们开始厌弃文学的一种重要的缘由,因为在既有的秩序之内的对于"现实"的描述,既不能带来"希望哲学",又没有疗愈的功效,无非是对既有秩序的无可奈何的忍受并舔食伤口和腐肉。这样的文学难免令人失望。在这个意义上,任何一种文类的探索、边界的突破都值得期待和鼓励,毫无疑问,"非虚构写作"在中国近十年的发展历史证明了"非虚构写作"在一定程度上刺激了当代文学的生产机制和生态秩序。在这个意义上,对当下中国的"非虚构写作"提出更高的期待就有其合理性。

第一,"非虚构写作"还缺乏严格的文类边界,报告文学、人物传记、深度报道等都被认定为非虚构。这会导致"非虚构写作"概念的无限外溢而缺乏稳定的属性——在这个意义上,"非虚构写作"还缺乏足够支撑这一文类概念的经典作家作品,因此迫切需要建构"非虚构写作"的文学形象学。

当然,在"非虚构"作品经典序列还未形成前,预设经典的样貌是危险的,任何对于未来趋势的判断或期待,都可能导致"非虚构写作"自身陷入另一种僵化。但鉴于国内"非虚构写作"尚处于起步阶段,一些提示即使危险,也还是有给出的必要。学者李云雷在考察《人民文学》的《非虚构》栏目时,总结了该系列作品的两点共性:其一是作品的"真实"属性,其二是它们均体现了作者"个人体验"的介入。我认为这两点共性或将为日后的"非虚构"提供重要规定,尤其作家"个人体验"的介入。对于作品的"真实",我们无须多言,国内"非虚构写作"的合法性很大程度上正是基于真实。而对于"个人体验",李云雷认为这些作品虽然从个体角度出发,却意在进入一个"小世界","这些作品所凸显的并非'个人',而是这个个人进入'小世界'的过程,对这个'小世界'的观察、体验与思考,它们所竭力挖掘的是这个'小世界'的内部风景与内部逻辑……"①。也就是说,以"个人体验"为核心的"非虚构"作品,一方面包含着作家不同寻常的作者意识,这种作者意识很大程度上取决于作家对自我的认知,即他们各自在社会中的位置、功能和角色,这种意识天然带有作者强烈的感情投射和责任意识。另一方面,从"个人体验"出发并不是向内收缩的姿态,而是"敞开",面向"公众"。从这个意义上说,理想的"非虚构写作"实际上是从"个体"走向"公共"的动态过程,它既强调"个体性",也强调"公共性",是"个体性"和"公共性"的有机结合。

第二,"非虚构写作"要在"实"与"虚"上面进行更多的提升。"实"指的是数据、调查和田野考察。没有调查就没有发言权——进一步而言,没有调查就没有"非虚构写

---

① 李云雷:《我们能否理解这个世界?——"非虚构"与文学的可能性》,《文艺争鸣》2011年第3期。

作"。借鉴其他优势学科的方法论,是"非虚构写作"成熟的关键步骤。实际上,"非虚构写作"自诞生之时起,就含有跨学科的企图,最直观的跨越乃是文学与新闻边界的打破,小说技法和新闻的冷静观察以杂交形式呈现。这种在"非虚构写作"领域呈现的互渗状况,并不是一种"完成式",或者意味着融合的终结,而恰恰是开端。要想使"非虚构"作品在呈现时更加科学、严谨,必然要容纳更多诸如社会学、人类学、文化研究等其他学科的目光和方法,借鉴这些学科的优势和视野,才有可能继续丰富和壮大"非虚构"作品的内蕴和品质。我所谓的"虚"指的是形式,即"怎么写"的问题。唯有强调怎么写,"非虚构写作"才可以区别于新闻报道和社会调查,才可以被称为文学写作。彼得·海勒斯在谈及自身创作经验时就强调"非虚构写作"的"创造性"问题,他所谓的"创造性"即"来源于你是如何运用日常素材的"[①],换句话说,他认为"非虚构"作家的创造性工作,很大程度上来自作家对于所收集材料的组织方

---

① 南香红、张宇欣:《为何非虚构性写作让人着迷?》,https://cul. qq. com/a/20150829/011871. htm

式。从写作的经验来看,即使面对相同的材料,不同作家所选择的呈现路径势必影响读者的观感,进而导致他们各自对于"现实""真实"的不同建构。如学者丁晓原所说:"在小说写作中需要通过想象建构故事塑造人物,在非虚构写作中则需要通过深入的采访,'发掘事实''挖掘细节',从生活存在中选择具有故事性的内容,以适合的结构方式和具有个人性的语言方式呈现真实。文学性就存在于被选择和结构的真实之中。这是非虚构文学中文学性的一种独特性。"[①]

第三,最重要的是,不要忘记了"非虚构写作"在中国的兴起与其"问题意识"密切相关。也就是说,"非虚构写作"必须不停地与社会互动——注意,不是与"社会学"互动,而是与"社会"互动。可以说,所有"非虚构写作"都是在作家与社会的碰撞中产生的,没有与社会的碰撞,作家就不会产生"问题意识",没有"问题意识",作家也便没有有效的路径去观察、思考和创作。在这一过程中,我想要强调

[①] 丁晓原:《非虚构文学的逻辑与伦理》,《当代文坛》2019年第5期。

的是,唯有作家与社会真实地、广泛地互动,才有可能生产出真正的"问题意识"。这里有两点迷途需要指出,其一是作家"问题意识"的非真性,时常是由于该问题与个体的情感动机混淆不清。"非虚构写作"虽强调个体介入,情感流露正是"非虚构"作品的特性之一,但需要注意的是,作家不恰当的情感动机,很可能使其"问题意识"偏颇,或因情感遮蔽了"问题"重要的部分。贺桂梅在谈到阅读《中国在梁庄》的感受时说:"在这个叙事过程中,我感觉到或许有比较浓的、一种面对'破碎'家园的感伤姿态。我虽然很喜欢这种叙事的感觉,但还是会想这种叙事本身可能带来什么问题。它构成了人们进入这个乡村世界的基本'透镜'。虽然梁鸿有很强的自省意识,不过这种经验和情调大概总会以不同方式传递到书写的过程中去,并在某种程度上左右着梁庄人的呈现方式。"[1]其二,国内"非虚构"所关注的"问题"目前尚有程式化之嫌,这里有很大一部分原因在于作家没有与社会真实碰撞,而只是保守延续了此前"非虚构"所论及的若干问题,丁晓原将此归纳为"题材的类型

---

[1] 《〈梁庄〉讨论会纪要》,《南方文坛》2011年第1期。

化"和"题旨的轻量化"。就"非虚构"的题材而言,很多作品受到梁鸿等作家的影响,目光仅聚焦于乡村,取材范围狭窄。而"题旨"为了反拨以往报告文学的"宏大",往往着重于个人的书写,使得部分作品沦为时代的碎片,不能有效地与广泛的社会问题形成互动。

四、结语

在2010年的一次访谈中,李敬泽对"非虚构写作"的可能性表达了极大的期待:"谈起非虚构,大家耳熟能详的是20世纪五六十年代杜鲁门·卡波特的《冷血》、诺曼·梅勒的《刽子手之歌》《夜幕下的大军》,还有汤姆·沃尔夫发起的'新新闻小说'。这都为我们提供了重要的启示。但是我想,电视时代和网络时代的'非虚构'是不太一样的,具体的历史语境也不一样,我相信非虚构会给我们开出宽阔的可能性,但是现在,我宁可说,我也不知道它会是什么,还是那句话,保持开放性的态度,打开一扇门,走出去,尝试、探索。"①这意味着对"非虚构写作"的观察和理解都应该秉持一种历史的态度,从动态的、结构性的角度去理解"非虚构写作"在文学史中的位移和变化。对当下中国的"非虚构写作"而言,因为商业和资本的介入而导致的种种泡沫化使得其有再次"陈规化"的危险,克服这种危险,在"无边的现实主义"中生产并创造出新的形式和语态来进行书写和表达,是时代和文学的双重内在需要。

---

① 李敬泽:《文学的求真与行动》,《文学报》2010年12月9日第3版。

新世纪诗歌写作的几个问题

十年对于个人历史来说很长,对于文学史来说却很短。北岛曾经很严肃地说过一句话:一百年才出一个好诗人,一千年才出一个伟大的诗人。这种说法是有道理的,对于历史的理性认识往往要等到这一段历史过去之后,曹操在他的时代从来没有被认为是一个杰出的诗人,而陶渊明,也只是以隐士之名活在他的时代。从这个意义上说,要在"十年"之中寻找中国当代诗歌的写作轨迹以及发展变化,几乎是一件难以完成的工作。尤其遗憾的是,因为个性和条件的限制,我并没有参与或者说介入"新世纪诗歌十年"这一众声喧哗的诗歌话语运动中去,我个人虽然一直没有间断诗歌写作,但这种写作在本质上只是我疗愈个体孤独和创伤的一种方式，它仅仅对我个人才有效；作为1980年代出生的人，我没有加入各种纷繁的"力比多"勃发的青年写作圈子，我也仅仅只是和很有限的几个诗人有不多的交往，并偶然通过不多的渠道阅读和了解当下诗歌的一些状况（在很多时候，我对这些状况其实并不热情和关心）。毫无疑问，这些都会影响到我对这十年诗歌状况判断的准确性。但是就每一个个体活在"当下"这一事实而言，对当下做出自己的判断和理解又是一种责任和义务，对当下发言，并把这种发言理解为一种参与历史的实践过程，它要求我们在短促的时间内，以并不健全的理智和知识来认识客体和主体，并能达成一种理解的功效，我只能从这一点来为我的发言进行辩解，并鼓足全部勇气和智商来对新世纪十年的几个诗歌现象和问题进行讨论。

第一是"底层诗歌写作"问题。"底层诗歌"（以及更大范围内的"底层文学"）是新世纪以来负担了各种想象和规划的一种文学话语，它是"后革命时代"混合了政治欲望、道德原则和美学观念的一种暧昧表达。"底层诗歌写作"要求在一种不触及当代政治禁忌的情况下对被分解和压抑的一部分阶级(阶层)予以道德化的文学关注,并企图在这种关注中重新调整80年代以来形成的实际上由知识分子所主导的"纯文学"的观念。在这个意义上,我首先把"底层文学"理解为一个"话语权"争夺的"高地",它是一个在深具苦难历史和左翼传统,曾经大规模实践过人民当家做主、有效行使其政治经济文化领导权的社会发生波折时的一种实践行为,这一实践行为试图以对"底层"苦难的书写来重新激活批判的力量,在其极端者那里,甚至重新要求从阶级的立场对历史和现实进行有效的介入,这一点,在叙事文学作品里面表现得尤为突出。但是我想指出的是,恰好是在这一点上,"底层诗歌写作"是非常含混不清的,在目前所看到的"底层诗歌写作"群体中,大部分写作者的动力来自对现实生活的不公、苦难和贫穷的一种发自人类本能的反感和厌恶,并以某种简单的人道主义来对之进行道德上的否定,这导致了对"底层"的"历史性"的漠视,实际上也抽空了"底层诗歌写作"最尖锐的力量,那就是它的意识形态性。"底层诗歌写作"或者说广义上的"底层文学"只有在这种意识形态性中才能凸显它之于新世纪十年的意义,或者说是"社会主义初级阶段"的意义。具体来说,"底层诗歌写作"必须在双重视野中确立自己的写作立场,第一是在全球资本化和中产阶级化的情况下,"底层"如何保持自己的审美经验和讲故事的权利;第二是在中国由社会主义向一个暧昧不明的"中国特色社会主义"转型的过程中,"底层"如何借助"革命中国"的资源,确立自己的主体意识和诗学语言。目前,一些以写"底层诗歌"而著称的青年诗人从某种意义上说属于前一种情况,即他们可能找到了一种可以贴切表述其个人生活史的对象,但这一个人生活背后所隐藏的商品拜物教和资本逻辑该用何种方式表达还有待实践。总而言之,我希望"底层写作"不要重复《诗经》或者白居易《卖炭翁》的传统,也不是回到"'文革'样板戏"的传统,而是能提供一些新的东西,这些新的东西,既内在于我们个人也内在于当下的历史。

第二个是由陈先发和杨键这两位安徽诗人在近几年的写作以及由此引发的评价而产生的问题。(对这两位诗人的写作,批评界有比较多的命名,影响较大的有"草根写作"、新古典主义、新传统主义、新乡土写作等,这里暂且不讨论)。把陈先发和杨键放在一起,这两位可能不太乐意,陈先发估计是不喜欢杨键满口的恢复先王礼仪之类的话,而杨键,可能也觉得陈先发有些故弄玄虚。但是我在这里把他们放在一起来讨论,是基于一个基本的事实,那就是,两位差异非常之大的诗人都有一种共同的写作倾向,或者说,我从他们的诗歌中嗅到了某种一致的气息,那就是试图从"五四"以来的现代诗歌话语中剥离出去,通过对中国古代典籍的重读和改造,来重新激活现代汉语的创造力。毫无疑问这是一个深谋远虑、雄心勃勃的试验,尤其在新世纪"东方文化热""中国文化热""国学热"的语境中更是显得意义重大,这使得这两位诗人还没有来得及完全展开的工作立即获得了铺天盖地的好评,这些评价有些是中肯到位的,但也有一些显得过于夸大其词。但是不管怎么说,以"回归古典诗歌,回归古典中国"为目标的写作潮流在这十年中暗潮汹涌,我在西川、李少君、孙文波等风格各异的诗人的一些作品中都能读到这种东西。就诗歌作为一种个人的创造性工作而言,我觉得这些诗人的探索和尝试都是值得肯定的,在陈先发对"物象"进行秩序化的重组和描摹中,在杨键对于日常生活禅宗式的顿悟中,我确乎领略到了现代汉语具有的感染力和穿透力。但是当这种诗歌写作成为一种"无意识",转化为一种当下的文化态度和价值取向的时候,我则同时看到了某种值得反思的美学。陈先发和杨键的诗歌仿佛是一个隔离空间的容器,在醉心于语言智慧的同时与当下生活不发生直接的摩擦,我在他们的诗歌里面感觉不到我们何以是当下的"主体"而不是秦汉盛唐的"主体"。我的意思是,一种有创造力的语言形式完全可以和有生机的当代生活联系在一起,从而产生现代的审美效果,但是,陈先发和杨键在借鉴和挪用古典汉语的同时,却把自己"埋葬"在一种想象性的"古典生活"和"古典形象"中并且乐此不疲,他们都缺少一个远观和反思的距离,所以在阅读的时候,我常常有一种外在于我们时代生活的感觉。也许可以说,他们真正领会到了中国古典文学的精髓,这就是"物我交融""意象一体",但是,我想再次强调一点,我们是生活在一个经过近百年现代化转型的当下中国,我们只能站在此时此地去想象和重构"古典中国",而不能本末倒置,让一个想象性的语言传统成为吞噬当下生活的招魂术。想一想"文必秦汉,诗必盛唐"的有明一代诗文写作的失败,我们是不是应该对这十年来的"回归"倾向做一些反思,以免它僵化为一种"复古主义"的小爬虫?我在陈先发最近的一些诗作中感觉他开始矫正自己的这种倾向,试图用转喻的形式把当下生活具象化并获得一种足够与"文人自恋"相抗衡的形式感和情感力量,我觉得这是一个好的变化。最近一段时间,诗人李少君以一种即兴式的短诗(如《朝圣》《东湖边》《夜深时》)试图表达在一个急剧变动的历史中日常生活的永恒性,并借助"中国画"式的语言形式将其固定;诗人陈陟云的长诗《前世今生》以抒情的咏叹调重塑诗人的精神历史,并试图以古典式的爱情幻想超越庸俗的现实生活;诗人肖水的"绝句体"在精致、隐晦的语词中企图打通汉语的历史气场并以个人的书写指向现实的批判;诗人李成恩的《汴河系列》通过对原居地的怀念和书写来安慰大都市的疲惫心灵,都可以视作是在这样一个大的语境中的积极尝试和突破。

第三个问题是"口语写作"问题。在中国新诗中,"口语写作"往往和诗歌的"先锋性"联系在一起。实际上,推动中国现代文学发生的一大利器就是新诗的口语写作,比如胡适的那首广为人知的《蝴蝶》就是一首典型的"口语诗"。口语写作一直与诗歌的激进形象和变革传统联系在一起,"口语写作"被认为是与当下生活直接对应的、同步的一种写作方式,并因此获得其现场感和历史意识。但是就目前来说,口语写作有一种被泛化和庸俗化的趋势,"口语"被简单等同于方言、俚语、俗语甚至是粗口,我觉得这都是对"口语"的一种误解,在我看来,"口语"首先是一个流动的历史概念,它对应的是"书面语",而不是"高雅""优美""精致"的语言,口语里面同样有高雅、优美、精致生动之语言,而"书面语"里同样有很恶俗、低级的语言,每个时代有不同的书面语,每个时代亦有不同的口语;其次,口语是一个语义学上的概念,它指的是不需要借助转喻而直接指向对象本身的语言,按照索绪尔对语言"能指"和"所指"的划分,可以说"口语"是"能指性"压倒"所指性"的语言。最后需要强调的是,"口语"随时都在发生变化,"口语"可以成为"书面语"甚至是某一部分阶层的专有语言,"口语"的所指性和能指性也会在书写和使用中不断发生位移。我之所以对"口语"做出这么一些很"八股"的界定,主要是针对新世纪以来对"口语"理解的泛庸俗化倾向,在一些所谓的"口语诗人"的写作中,粗鄙、肮脏、低级下流的词语被捧为"口语"的标志,并以此传递出某种"先锋"的姿态。这种"伪口语"和"伪先锋"的姿态借助新兴网络媒体的无界限传播,从某种意义上损害了诗学探索的严肃性。更重要的是,与这种"伪口语"和"伪先锋"并生的是一种虚假的个人意识,这种个人意识之所以说是虚假的,就在于它完全将"个体"理解为一种动物性的简单生存,并不能从这种动物性中叙述出一种普遍的精神性来。在这一点上,"当下"的真实历史内容被抽空,成为一种发泄式的词语意淫。我想说的是,如果摆脱不了这种庸俗和肤浅的口语观,"口语写作"就不会进步。而更需要说明的一点是,在中国新诗乃至整个中国现代文学中,如何使用一种健康的口语实际上关涉到整个文学史的发展,周蕾的卓有成效的研究已经指出:口语提供了一种直接的、透明的、可视化的语言效果,以此文学与电影、摄像等现代传媒所负载的艺术形式进行有效的沟通互补,并在一定程度上文学获得了它的现代社会的大众读者。在一个视觉艺术逐渐占据统治地位的时代,"口语写作"关涉的不仅是一个语言实验、形式革新的文学内部问题,更重要的是在外部如何重构一个有效的诗歌(文学)场域,而不至于沦落为"死亡的艺术"的问题。

以上的几个问题,是我在有限的阅读和有限的个人知识的指引下所做出的一些描述和判断,这些情况如果说是针对整个当下中国文学在一定程度上也成立,因为诗歌的问题归根结底不能脱离"整体文学"而得以解决,不过因为诗歌与资本拜物教和资本逻辑更不相容,所以一些问题显得更为尖锐。无论如何,新世纪十年的中国变化之巨大,不仅让世界为之侧目,即使身在中国,有过近100年的变革经验,依然会有本雅明式的震惊时时袭击过来。正如费正清所言,因为历史因袭越长久,所以变化也就越发沉重惨痛,越发以更加光怪陆离的形式呈现出来。如果我将上面分析的各种情况解释为面对这样一个巨大变化时代的一种文化焦虑和文化应对,想必也是可以的,我们每个人都只是被卷入和抛掷进此时此地的一个孤独个体,但我们的一言一行,我们的尝试和努力,却不得不置于这样一个"总体文化"中才得以彰显其意义,我唯一确定的是,十年一期,很多变化正在悄然发生。

重启一种"对话式"的诗歌写作

一、从一个诗歌事件谈起

我想从一个事件开始这篇文章,这个事件就是这几天媒体和诗歌界都在热议的余秀华。2014年12月17日诗刊社和人民大学文学院联合举行"日常生活,惊心动魄"底层诗人朗诵会的时候,余秀华还仅仅是作为五个诗人之一来朗诵她的诗歌。虽然当时她的诗歌在微信朋友圈里已有传播,但直至沈睿和沈浩波的介入并发生论争之后,余秀华才可以被称为一个事件。这几天,仅仅我个人就接受了三四家大媒体的采访,《北京青年报》的艺评版整版刊发了三篇文章,一些并非以文化见长的媒体如《解放日报》居然以要闻版来报道余秀华；更不要说在微信朋友圈里面专业或者非专业的讨论。自1999年"盘峰论争"以来，这也许是最热闹的一次诗歌事件——相比于"盘峰论争"的圈子化，这一次似乎有更多的公众借助自媒体的便利参与进来，在这个意义上，它的影响其实更广泛。这一事件究竟意味着什么？目前来看，这一事件在多个层面上呈现其意义，其一是作为一个媒体狂欢的事件，自媒体首先发声，然后主要的纸媒和官媒跟进。媒体对余秀华以及诗歌的传播起到了积极的作用，但媒体天然的猎奇和倾诉对象决定了它们更关注的是一些奇观化的东西，比如身份，比如生理疾患等能够激发大众好奇心和同情心之类的表面化的东西。其二是作为一个文化事件，因为女权学者沈睿的介入——尤其因为沈睿特殊的身份而受到重视。熟悉的人都知道，她不仅仅是一位身在美国的华裔女权主义学者，同时也是20世纪80年代现代主义诗歌运动的亲历者甚至是参与者。这种多重的身份决定了她的发言有其独特的视角和价值，其实细读沈睿的文章会发现，余秀华只是被沈睿所征用的一个案例，这个案例恰好符合沈睿对中国当代诗歌和中国当代诗人——尤其是男性诗人的"偏见"。在这个意义上,沈睿的问题带有预设性,与此同时,余秀华及其诗歌也被"预设"。因此,我也觉得沈浩波从诗歌技巧出发的发言和沈睿其实不在一个问题视域内,他们的辩论缺乏对话的前提,他们其实是在各自预设的问题和审美中自说自话,沈睿偏执于一种女权主义的审美,而沈浩波,则偏执于一种现代主义高峰时期的现代派审美。在我看来,作为媒体事件的余秀华和作为文化事件的余秀华都显示出了当下中国文化某一方面的症候性。但我觉得这些似乎都比较"隔",并没有真正抵达问题的本质。在我个人看来,重要的不是媒体事件或者文化事件,这些恰恰稀释了余秀华作为一个真正事件的可能性和活力。我的意思是,余秀华只能而且必须作为一个"诗歌事件",才能构建起有生产性的意义。

这个意义的要点在于,这一诗歌事件给我们提供了一个认识的契机,即,应该重建诗歌与"真"的关系。我在给《北京青年报》的《余秀华:独自面对命运》一文中已经提到了这一点:"她的诗歌是她对无常命运的痛苦回应,它最初和最高的美学都是'真'。它恰好挑战了我们时代的流行美学——在景观和符号的堆砌中越来越假的美学。这是余秀华让我们惊讶的地方。在这个真面前,对其诗歌进行艺术上的挑刺和指责都可能只是一种美学的傲慢,这种傲慢并没有深刻的说服力。一个拥有读写能力和精神景深的人大声地呼唤爱情、诅咒命运甚至是发泄情绪,这是一种具有原初创造性的力量,这种发自生命内部的真诚的写作,在我们这个彬彬有礼且充满了腐朽道德气息的时代,不是太多,而是太少了。"我更想引申来谈的是,这种"真"关涉到一个诗歌的秘密原则,即诗歌只有真实地面对命运,并与命运建立起有效的关联,诗歌才能够感动人心,才能够以最个人化的方式参与到时代情绪中。从中国现代诗歌的发生,一直到20世纪80年代的"朦胧诗"新诗潮,几乎每个真正进入历史的诗歌事件,都证明了这一点。诗歌要真正成为一个民族的精神记忆,它必须和个人的命运、家国的命运有效地勾连起来。这个勾连如何才能发生?我觉得首要的一点就是——"真"。不是屈从于那些虚无的宏大叙事,也不是个人的梦呓和独语,而是真实地面对命运这"臭名昭著"的魔鬼,去勇于冒犯、侵犯既定的秩序和法则。我一直认为真正的现代美学精神就是冒犯,现代诗歌写作在反对既有美学规则的意义上说是一种不安全的写作,当我们对命运闭上眼睛,假装处在一种非常安全的生活和安全的语言中的时候,我们失去了对命运真实的感受,与此同时,我们也就失去了真正有创造力的诗歌。非常有意思的是,诗刊社在最早推介余秀华的诗歌的时候,用的标题是《摇摇晃晃的人间》,这个标题如此醒目和直接地指出了余秀华诗歌中的命运密码——不安全的命运和不安全的人生。在这样的书写和创造中,现代诗歌再一次显示了其赋魅的功能,并在大众的想象中激发了一种命运的庄严感。

正是从这个意义上来说,作为一个诗歌事件的余秀华重新激活了现代诗歌的本质性的力量,并将诗歌变成了一把具有"重启"功能的强大钥匙。

二、反思现代主义诗歌遗产

如何重启中国现代诗歌的新可能?这不但需要重建诗歌与真的关系,重新理解诗歌和诗人的命运感,还有一个工作必须提上日程。那就是,对 20 世纪 80 年代以来建立起来的现代主义诗学进行有效的反思。仅仅从"朦胧诗"算起,现代主义诗歌也已经有三十年多年的历史,其中经历了不同的发展变化。朦胧诗运动、第三代诗歌、90年代知识分子与民间的论争等构成了其三个重要的关节点。如果站在21世纪第一个十年的时间节点上,应该如何理解这三十年现代主义诗歌的经验或者遗产?这当然是一个大课题,我在此仅仅指出一点,将现代主义诗歌理解为一种"遗产",意味着有一种总结和终结的双重含义。总结当然指的是对此前三十年历史经验的总结,而终结意味着,这种总结不是简单地罗列成绩、继承和因袭,而是将现代主义诗歌遗产理解为一种更"负面"的东西,从而建立起反思的起点和支点。目前的小说写作也同样面临这个问题,一方面无法摆脱"伤痕小说"的叙事模式,另外一方面过于沉迷于先锋小说的经验,这是整个文学(文化)制度和文化环境的使然。

具体就现代主义诗歌来说,反思至少应该从以下几点出发:第一是,反思所谓的"诗到语言为止"的观念。作为"第三代诗歌"最经典的观念陈述,"诗到语言为止"表明了

"第三代诗歌"对"朦胧诗"的宏大叙事和浪漫主义的拒绝,并试图通过强调语言的维度建立起真正的现代表达。在80年代,这一提法具有积极的超越性作用。但有意思的是,这一观念在具体的写作实践中被一部分诗人严重窄化为一种口语写作,在其最不能"诗歌化"的实践中甚至成为一种"口水式的"伪诗歌写作;同时,出于对这种口语化的不满,另一部分诗人则强调语言的修辞性,并形成了影响深远的修辞至上主义和好诗主义。正如诗人陈先发在《黑池坝笔记》中所言的"过度让位于修辞,是这一代人的通病"。90年代末,已经有人意识到了"诗到语言为止"本身的局限性,在他们看来,语言并非是抽象性的概念,也并非一个普遍的虚指,语言必须落实到具体的语境和历史中才能呈现其意义。这其实是一个常识性的问题,语言并不能先在于人的存在,而恰好是人存在的一种历史性的陈述,人借语言得以呈现并建构自我,语言本身的发展如果脱离了这个历史的范畴,语言就会陷入无意义的自动繁殖。在我看来,口语写作和修辞至上主义在当下几乎成了一种无意识的诗歌观念,其自动性不再指向真实的经验和个人遭遇——也就是,不再指向命运,在这样的写作中,语言实际上是不在场的。

第二个需要反思的观念就是经验主义,更具体来说可概括为"诗到经验为止"。诗歌当然和经验密切相关,但是在90年代以来的现代主义诗歌写作中,这一经验被设定为非常狭窄的、日常生活化的私人经验。与90年代小说界的"私人写作"同构,这些写作所呈现出来的"经验"呼应了全球市场经济对单原子个人的规划,并满足了对所谓"自由表达"和"先锋姿态"的想象。但其造成的后果同样令人不安,因为对社会和历史刻意的疏离和拒绝,经验的陈述不得不依附于个人的"官能性"呈现出一种贫乏的"个人"。从这个角度看,所谓的真正的个人也是不在场的。

诗歌写作中的语言主义和经验主义仅仅做如此反思还不够,需要做更深远的历史回溯。"五四"以来,整个中国的现代文化其实有一个个人化的规划方案,鲁迅在《文化偏至论》中提出的"掊物质而张神明,任个性而排众数"就是这一方案的文学性表达。追求一种现代意义上的个人可以说是中国现代化的一个核心命题。但这一方案在中国现代史中一再受挫,首先是启蒙让位于革命,然后是集体主义对个人主义持续的批评乃至最后完全的征用。在这样的文化语境中,敏感的作家和诗人们于是设置了两个抵抗点,一是用语言建构个人,一是以经验建构个人,其实最后的目的,都是为了抵抗那种来自意识形态和集体主义的倾轧。如果将这种现代个人用一个人称来指代,毫无疑问就是"我"——现代意义上的主体;与此相对的,则是一个带有复数性质的指称——"我们"。"我"和"我们"的关系,构成了现代文学和现代诗歌中最纠缠的问题之一。在1950年代,这种纠缠最典型的特征被反映到诗歌里面。胡风在其政治抒情长诗《时间开始了》里面提出了这一问题:具有主观战斗精神的个人现在何去何从呢?"我"在"我们"之中还是在"我们"之外?而另外一位诗人何其芳则直接干脆地回答了这一问题,在《回答》这首诗中,他说:幸福应该属于全体劳动者。

法国哲学家阿兰·巴丢在讨论20世纪的主体哲学时用大篇幅来讨论了这个问题,非常有意思的是,他使用的案例是两位诗人以及他们的诗歌,一位是法国诗人圣琼·佩斯以及他的诗歌《远征》,另一位是德语诗人保罗·策兰以及他的诗歌《远征》,通过分析这两首同名诗歌,阿兰·巴丢极其深刻地指出:在圣琼·佩斯的《远征》中,"我"和"我们"是完全同一的,并且有一种高度友爱的原则;而在保罗·策兰的诗中"和在贝克特的散文中一样,那里不再有'我'或者'我们',有的只是一个从路中穿过的声音"。因此,阿兰·巴丢说:"70年代末以后,这个世纪留给我们这样一个问题,在一个没有理想的'我',不能用一个主体来概括的'我们'意味着什么?"这个问题如果逆转一下对本文讨论的问题更加有效:如果没有一个理想的"我们","我"究竟意味着什么?

诗歌,尤其是现代主义诗歌,必须有"我",这已经成了一种陈规式的设定。但正如阿兰·巴丢所尖锐质疑的,如果割裂了"我"和"我们"的有机关系,这个"我"还有创造性吗?它真的能代表"我们"吗?这也许是现代主义诗歌面临的最大的合法化危机。而要破除这个危机,就必须重新理解"我"和"我们"之间的关系,不能因为"我们"不够理想或者"我们"曾经以各种主义之名对"我"实施了压迫,就不承认这个"我们"的存在或者彻底割裂这两者的联系,从而让现代主义诗歌写作变成了一个内循环的、拥有虚假的个人主体和语言的能指游戏。这是一种写作和思考上的惰性,这种惰性的蔓延,让我们当下的诗歌写作没有力量。

三、从对抗式写作到对话式写作

以"诗歌事件"为历史开启的契机,我们将反思80年代以来的现代主义诗歌遗产,重新在"我"和"我们"之间建立有机的联系。我们不仅要重建诗歌与命运之间的关系,同时也要重建诗歌中的"一"与"多"的辩证关系。"一"就是一种非此即彼,一种对抗性的写作,这一写作模式是由"朦胧诗"和"伤痕文学"所奠定的,第三代诗歌试图反对这种写作,但结果却将这种写作模式更加内在化,不过是将对抗对象由具体的意识形态变成了抽象的社会历史。而"多"则意味着一种多重的、复杂的结构性关系,对自我、世界和他者的多重想象和多重书写,这是一种对话式的写作。在某种意义上说,类似于利奥塔所谓的"对话哲学",在利奥塔看来,只有通过"对话",才能摆脱现代主义"一极化"的危机。

在这样的脉络和问题视域里,根据我个人的观察,21世纪近十年的写作(包括小说、诗歌和当代艺术)都发生了有意味的变化,即,由对抗式写作向对话式写作的转变。为了论述的方便,我冒着简单化的危险罗列例证如下:

第一类写作指向一种与历史的对话。代表作有杨键的《哭庙》(2013年)、西川的《万寿》(2012年)等。这两部作品都是长诗,前者由800多首短诗组成,并试图在历史的框架中将其整合。就我个人的阅读感受而言,杨键没有简单停留在对历史的道德批判上,而是试图通过对话来建构一种悲悯的美学观,并与其王道理想相呼应。西川在《万寿》(2012年)中则呈现了一种多维的历史观念,并将对历史内在肌理的观照与对语言的冒险探索有效地结合在一起。不管怎么样说,这种对话的出发点都值得尊重。特别值得一提的还有沈浩波的《蝴蝶》(2010年),我不清楚沈浩波是否意识到了他也在和历史进行对话,但作品的第50页有一句类似于"诗眼"的提示:"这就是我所必然经过或者虽然不能经过/但却必然是属于我的历史百科全书"。一个以"下半身"写作为口号的诗人,突然意识到了只有将"个人"置于"自我的历史百科全书"中才可能获得真正的生长,没有什么比这一点更能证明"对话式写作"在当下的必要性和重要性。和历史对话,不管这个历史是家国史、经验史、生活史还是性史,都意味着以一种更严肃的态度去延续文脉,厘清个我。

  第二类指向一种与哲学的对话。这里的哲学,并非指向严格意义上的以西方哲学为基础的概念逻辑范畴,而更多的指向一种本土化的、具有交融意味的哲学智慧和精神意境。此类的代表作有李少君的《自然集》(2014年)和陈先发的《黑池坝笔记》(2014年)。李少君这些年一直致力于山水诗歌美学,我们知道,在中国的古典诗歌传统中,山水一直代表着一种独有的人生态度和精神境界。在李少君的诗歌中,可以看到道的智慧和"万物皆备于我"的心学传统。比如一首《南渡江》:

每天,我都会驱车去看一眼南渡江

有时,仅仅是为了知道晨曦中的南渡江

　　与夕阳西下的南渡江有无变化

　　或者,烟雨朦胧中的南渡江

　　与月光下的南渡江有什么不同

　　看了又怎么样?

　　看了,心情就会好一点点。

　　陈先发的《黑池坝笔记》如果说是一部哲学笔记,似乎也完全说得通,陈先发以片断化的叙述方式,呈现其对于语言、经验、修辞以及哲学本体的全面认知。我在网上看到一篇文章,大意是批评陈先发的这种"哲学"没有严密的逻辑体系,属于"旁门左道"。但是在我看来,如果陈先发真要像一个哲学家那样去建立一套逻辑的体系,倒是无趣了。正是这种看起来零碎的、片断的、有点禅宗公案式的表达构建了陈先发的对话方式,他也因此突破了现代诗歌主义因为严重程序化而失去的创造性。陈先发在《黑池坝笔记》中的第九三八段如此言说:

下午。漫长的书房。我在酣睡。而那些紧闭的旧书中有人醒着,在那时的树下、在那时的庭院里、在那时的雨中颤抖着。一些插图中绘着头盖骨。那些头盖骨中回响的乡愁,仍是今天我们的乡愁。

　　我在古老的方法中睡去。

　　永恒,不过是我的一个瞌睡。

无论是与历史对话,还是与哲学对话,都要归结到当下的现实中来。在中国的当代写作中,现实因为"现实主义"而"恶名昭彰"。对现实主义的拒绝构成了 80 年代以来中国当代写作的主要美学倾向。但问题在于,无论怎样回避这个问题,诗歌写作和其他写作一样,也不得不面对这个最基本也是最终极的问题。因此,如何以一种深度的、具有审美远景和精神景深的现实去抵抗那种肤浅的、平面化的、缺乏内在性的"伪现实"成为当下诗歌写作的另外一个课题。在欧阳江河的《凤凰》(2012 年)和雷平阳的《渡口》(2014 年)等作品中,可以看到这种努力的实践。现实并非是日常生活,而恰好是被日常生活遮蔽的那一部分。在《凤凰》中,现实是一个被"资本的铁流"重组的庞然大物,它构成了强大的剥削和压迫体系;而在《渡口》中,现实则是一场个人的历险和传奇,在犯罪、醉酒和死亡中呈现着复杂的人性。这两首诗都指向鲜活的当下,并且揭开了那层温情脉脉、貌似安全的日常生活的秩序,让我们看到了一个立体化的现实。在这个意义上,诗歌恢复了其作为一种"综合性"表征我们的时代症候和精神层次的艺术形式,而不仅仅作为一种语言艺术或者个人抒怀。

当阿兰·巴丢在1990年代末试图来描述20世纪的历史和思想的时候,他首先想到的,是俄国诗人曼德尔施塔姆的一首诗《世纪》,因为这首诗真正以诗歌的形式内化了20世纪的诸多症候:历史的,哲学的和现实的。这是一首真正的对话式的诗歌。我期待在未来我们讨论中国甚至全球的21世纪的时候,也能从一首诗歌开始。能以一首真正的诗歌来称量一个世纪的重量,是一件多么值得憧憬的事啊。

与 AI 的角力

——一份诗学和思想实验的提纲

1

我愿意再次重复提及福斯特在《小说面面观》里面的一个天才创意。福斯特是这么设计的,他让不同时代的伟大作家都隐去身份,然后坐在一个圆形房间里同时写作,最后当他们交出作品的时候,福斯特的结论是:我们发现这些作家虽然属于不同的时代和阶层,但是在小说的写作方面却有"通感"。[①] 福斯特的这个创意是为了佐证他的"艺术高于历史"的观点,他认为艺术可以战胜"年代学"并有其

---

① [英]E. M. 福斯特:《小说面面观》,冯涛译,人民文学出版社,2009 年。

自身的法则,但是即使在这样的斩钉截铁的观点的背后,他也依然充满了矛盾,他发现这些作家依然通过其写作呈现了其强烈的个人性,而这种个人性,其实又无法完全与其"年代学"进行切割。

如果将福斯特的这个设计进行一个小小的改造,这个方案就具有更多的意味,我们假设甚至更多作家都在圆形房间完成了其作品,然后我们凭借其作品一一辨认出了这些作家——狄更斯和伍尔芙、托尔斯泰和歌德、奥登和策兰、李商隐和顾城……这个时候,当我们兴高采烈地请这些写作良久的作家走出圆形房间时,出乎意料的事情发生了,我们发现走出来的并不是这些作家本人——而是一群长得一模一样的 AI 机器人。

也就是说,在 20 世纪福斯特的圆形房间里,作家们的写作依然通过其个人性获得了辨认和区分度,作家与作品之间依然有一种无法切割的历史关联和美学关联;但是在 21 世纪的圆形房间里,这种情况可能被颠覆了,我们读到了一群 AI 写出来的作品,这些作品是非常"个人性"的——可以在风格学和修辞学上对位一个个作家,但是,写作这些作品的却是一个"非个性的"人工智能的存在。也就是说,作品是"个人的",但作家却是"同一个人",作品和作家之间的有机联系完全被切割开了。

如果这种情况出现了,是否意味着我们面临了一个新的界点,21世纪的福斯特的圆形房间类似于一个思想(写作)的实验——甚至可以媲美柏拉图的洞穴场景。那么,这意味着什么?这对我们时代的(诗歌)写作和思考提出了什么问题?

2

上述假设并非异想天开,也不是一时的心血来潮。如果我们对信息的遗忘没有那么快的话,应该记得2016年最热门的话题之一是"人机之战"——即人工智能阿尔法狗战胜了数个国际一流的围棋高手,4比1胜李世石,3比0胜柯洁。虽然自此以后谷歌公司宣布阿尔法狗不再参加类似比赛,并随后解散了其运营团队,但是,这一事件却构成了自启蒙运动以来最重要的一次人类挫折——围棋作为人类文明和智慧的标志之一,被AI击败了。但是,在对机器人的热捧中,还有一些坚守着人文主义立场的知识者对此抱有怀疑的态度,认为一种基于"计算"的围棋比赛的失败并不能代表着人文传统的失败,至少,代表了人类智慧和文明的最高级的产物——语言,还没有被 AI 掌握。语言,似乎成了人类文明最后的一座庇护所——似乎可以在极其表面的意义上印证了海德格尔的那句名言:语言是人类的家,诗人是其守门人。

科幻作家首先敏感地意识到了这一事实,以语言的"习得"和"交流"为书写题材的科幻作品这些年层出不穷,美国作家特德·姜在 2017 年推出了其重要的作品《你一生的故事》①,后来改编成电影《降临》全球公映。这部小说写的是女工程师如何习得了外星人"七肢桶"的语言,并以此规避了人类语言给人类自身带来的桎梏。而另外一个华裔美籍作家刘宇昆——他同时也是杰出的翻译者,将《三体》等中文作品翻译成了英文——在短篇小说《思维的形状》②

---

① [美]特德·姜:《你一生的故事》,李克勤、王荣生译,译林出版社,2015 年。
② [美]刘宇昆《思维的形状》,耿辉、夏笳、吴霜、余有群、罗妍莉译,清华大学出版社,2014 年。

里面也试图探讨语言的边界,在他的笔下,存在着一种透明化的语言,即一个物种"他的全部身体都是语言",而不是仅仅限于基于声音的语音和基于符号的文字。

无论是外星人学习人类的语言还是人类学习外星人的语言,这都暗示了一种"语言至上主义"。从本质上说,这依然没有摆脱人文主义的传统,我自己也深陷这种传统的知识型之中,我记得在 2016 年《诗刊》社举办的年度批评家论坛上我曾经如此发问:

在过去的几周,人类陷入一种焦虑,阿尔法狗(AlphaGo)战胜了李世石。有一种评论认为,这是人工智能对人类智慧和哲学的胜利。

阿尔法狗会写诗吗?或者说,阿尔法狗可以写出一首伟大的诗歌吗?

我不能回答这个问题。因为以阿尔法狗为代表的基于理性和计算的技术文明已经胜利了两个多世纪,而且将继续胜利更多的世纪。

在一首以代码写就的诗歌和一首以痛苦的人心写

就的诗歌之间,我们选择站在哪一边?

在一种自动化的机器语言和一种以爱与美为蕴藉的人类语言之间,我们选择站在哪一边?

我那时候的言下之意是,阿尔法狗固然可以"习得"围棋这一技艺,却难以"习得"诗歌这一人类语言复杂的综合体。但是很明显,我的这一判断失误了,因为,几乎在阿尔法狗带有轻蔑意味地退出围棋赛场的同时,由微软公司开发的另外一个AI——小冰,开始"写诗"了。在最开始的阶段,根据微软公司的相关工作人员介绍,小冰"学习"了几十位中国现当代诗人的诗歌,然后创作出了第一批诗歌,这一批诗歌很容易辨别出来,结构不完整、情绪不连贯、语言生搬硬套。比如这一首[①]:

雨过海风一阵阵

撒下天空的小鸟

光明冷静的夜

---

① 小冰:《阳光失去了玻璃窗》,北京联合出版公司,2017年。

太阳光明

现在的天空中去

冷静的心头

野蛮的北风起

当我发现一个新的世界

但是在经过对更多的诗人诗作的学习后——据相关媒体报道，小冰一次学习的时间只需 0.6 分钟，我非常惊讶地发现，小冰的诗已经很难被辨认出来，比如下面这两首[①]发表在《青年文学》上的诗：

三

滴滴答答

在这狭小的时间的夹角

神秘的幻影在这时幽闭

海水愈以等待

我在公路旁行走

---

① 小冰:《小冰的诗三十首》,《青年文学》2017 年第 10 期。

远方抖动着

烁烁的灯光

然后羊会回来

五

隔着桌子

阳光晒我的手指

我的每一个愉快动作

都听我诉说虚无时间的感受

你必然惊异

泥土和种子的沉默

所以它在那里

在爱

我梦见了一棵开花的苹果树

什么颜色的花都有

一个人伫立在风中

等待大地上的灾难

如果抹去小冰的名字，我们完全可能认为这是一首由死去的或者活着的诗人写作出来的诗，这个诗人可能是戴望舒、徐志摩，也可能是你或者我。

3

AI写的诗是"诗"吗？这个问题类似于问，机器人是人吗？或者稍微退一步，机器人有自我意识吗？——早在2013年，在人民大学举行的一次哲学会议上，这就是一个重要的讨论议题。也就是说，这个提问已经跨出了传统文学的边界，涉及对"人"的重新认知和界定。如果我们暂时搁置这种类似于"天问"的提问，从一个相对"保守"一点的角度来看待小冰写诗这一"事件"，即使是在纯粹诗学的范畴内，这依然构成了一个迫切、甚至对整个诗歌史的提问。

对于小冰的诗歌写作，即使出于商业化和资本化目的的微软公司设计师，也会"弱弱"地承认其"模仿"的属性，更不用提恪守传统知识型的读者和研究者了。我目前看到的有限的几篇文章，几乎都在指责小冰的写作是一种"仿写",是一种"物"的游戏,而非一种属人的创造。我们姑且不谈模仿、仿写本身就是一种创造。就算承认模仿、仿写是"低一级"的写作,关键问题是,为什么我们会觉得小冰模仿得这么"像",这么"真",这么"富有诗意"?也就是说,在以"假"仿"真"的过程中,"真"也变得"假"起来了。这么说好像太过于诡辩,我的意思是,从接受美学的角度看,如果我们觉得小冰的诗歌有某种徐志摩、戴望舒、顾城、海子等的"味道",那恰好意味着,徐志摩、戴望舒、顾城、海子等诗人所塑造的诗歌美学——在大众的意义上被认为是一种诗意——已经成为一种常识性的审美,并构成了一个普遍的标准。

更进一步说,如果说真正的诗人的写作是一种"源代码"的话,那么,经过近100年的习得和训练,这一"源代码"已经变成了一种程序化的语言。既然我们可以通过"学习"相关诗人的作品获得创作的训练,并写下一首首诗歌,那么,小冰不过是以更快、更强的"学习"能力获得了更多甚至更好的训练,那为什么我们依然很难承认小冰写的是"诗歌"?如果我们不承认小冰写的是诗歌,那么,是否意味着,我们也可以承认我们经过"学习"和"训练"后写下的"诗歌"不是诗歌?或者,至少要在这些诗歌后面打上一个小小的问号?在这个意义上,我们又怎么来理解诗100年以来的新诗传统,以及它在当下的自我复制、自动化和程序化,以及导致的严重的诗歌泡沫?

4

我想强调的是,我个人的智慧并不能对 AI 的写作进行一种"真假"的判断。我在另外一篇文章中曾经想象很多年后,绝大部分的文艺作品都将由 AI 来完成。[①] 但在此时此刻,我将暂时中断我的未来学想象,而是讨论一个更具体的当下问题——我们时代的诗歌写作是不是已经变得越来越程序化,越来越具有所谓的"诗意",从而在整体上呈现出一种"习得""学习""训练"的气质?我们是不是仅仅在进行一种"习得"的写作,而遗忘了诗歌写作作为"人之心声"的最初的起源?

[①] 杨庆祥:《关于〈国王与抒情诗〉的鉴定报告》,此文首发于腾讯网。

根据宇文所安在《中国"中世纪"的终结》里面的研究，在大概9世纪的时候，中国的诗学系统有一次重要的转型：

> 到了九世纪，诗可以被视作某样被构筑出来的东西，而不是一种自然的表达，且诗中所再现的是艺术情境而不是经验世界的情景……我们又看到诗作为有待锻造和拥有之物，作为想象出来的而又是具体可感的构造，毫不逊色于微型园林。[①]

有意思的是，这一从"内在冲动"向"技艺"的转型居然在西方现代诗歌里面找到了悠远的回声，艾略特在《传统与个人才能》之中就认为诗人只有在写作的时候才是一个诗人……他只有放弃自我（的内在冲动），通过对传统的研习和加入才可能完成诗歌写作：

> 诗人没有什么个性可以表现，只有一个特殊的工

[①] ［美］宇文所安：《中国"中世纪"的终结——中唐文学文化论集》，导论，陈引驰、陈磊译，生活·读书·新知三联书店，2014年。

具,只是工具,不是个性,使种种印象和经验在这种工具里用种种特制的意想不到的方式来结合。①

这两种诗学观念,虽然前者属于古典时期,后者属于我们所谓的现代,但却分享着一个共同的观念,那就是将诗歌写作从具体鲜活的个人经验和个人冲动——同时也就是当下性的经验——中剥离出来,认为存在一种恒久不变的"传统"和"法则",并通过"习得"来完成写作的延续。这导致了两种诗学后果,一是"技艺至上"主义,对形式和修辞极端强调,并将"苦吟"作为一种典范的诗人形象。这种"技艺主义"更是通过启蒙时代以来开启的技术主义,成为一种不断扩张的、越界的,最后成为垄断性的认知模式和观念模式,最后,在现代的语境中,文学变成了写作——一种更强调技艺和习得的表达方式。另一种后果是诗歌和诗人之间具有一种脱落,诗歌不再与诗人之间产生一种严格的对位,当技巧和习得成为一种普通的认知结构后,那种"内

---

① [英]T. S. 艾略特:《传统与个人才能》,《艾略特诗学文集》,王恩衷编译,国际文化出版社,1989年。

在性冲动"的神秘感和仪式感消失了,诗歌于是变成了"作诗""填词"——也即是在既有的法则中进行语词的游戏。

5

"五四"新诗革命正是对上述诗学观念的一种反抗和解放。陈独秀1919年发表《文学革命论》,其核心主张是:

> 推倒雕琢的、阿谀的贵族文学,建设平易的、抒情的国民文学;
> 推倒陈腐的、铺张的古典文学,建设新鲜的、立诚的写实文学;
> 推倒迂晦的、艰涩的山林文学,建设明了的、通俗的社会文学。

新诗从形式上反对旧体诗的格律、平仄,强调诗体大解放;在文字上反对用典,强调用俗语俗字;在内容上反对文以载道,强调直抒胸臆。其目的,正是要将诗歌写作从已经高度秩序化和体制化,因此也高度自动化和程序化的诗歌传统中解放出来,重新建构诗人和诗歌之间的有机联系,从而恢复诗歌写作应有的高度的个人性和历史性——也只有在这个文化谱系中,我们才能理解郭沫若和天狗、艾青和火把、戴望舒和雨巷、徐志摩和康桥之间的对位,这些对位是诗歌作为"内在性冲动"的美学表现,它们在其历史语境中是鲜活的、具体的,因而是带有仪式色彩的原创性的创作。

如此看来,我们今天重新面临一个"五四"的命题,也就是经过近百年的发展演变,我们的新诗传统实际上已经变成了一种高度秩序化的存在。小冰的写作就类似于古典时代的填词游戏——只不过更快更高更强,但是,它是一种缺乏"对位"的匮乏的游戏,小冰的写作不过是当代写作的一个极端化并提前来到的镜像。在这个意义上,当下写作正是一种"小冰"式的写作——如果夸张一点说,当下写作甚至比小冰的写作更糟糕,更匮乏。如果我们对这种自动的语言和诗意丧失警惕,并对小冰的"习得"能力表示不屑,有一天我们也许就会发现,小冰的写作比我们的写作更"真",更富有内在的冲动。而我们当下的诗歌写作,却变成了一段段分行的苍白语词。

这么说并非危言耸听。我们当然可以举出很多当代优秀的诗歌和优秀的写作者来证伪我的观点。毫无疑问,我承认在任何时代都会有杰出的写作者,挑战秩序并获得自我,比如在"玄言诗"一统诗坛时期的陶渊明。但是,我并无意指责一个个具体的诗人个体,我反思的是作为一个整体的诗学观念和文化结构。在这样的文化结构和诗学观念中,写作成为一种"新技术"——也就是可以有标准,可以进行批量生产,获得传播,并能够在不同的语种中进行交流。与此同时,写作的秘密性、神圣感和仪式氛围被完全剥夺了。写作成为一种可以进行商业表演和彩票竞猜的技术工种。

因此应该逆流而上,重新在诗歌和"人"之间建立有机的联系。正如宇文所安所言:

> 中国传统中最为古老且最具权威性的各家诗学,都坚持诗歌创作的有机性。无论怎样认识文本之后的动力——是道德风尚、宇宙进程、个人感受,抑或是三者之间的某种结合——都被认为是自然的,而不是从

有意的技巧中产生。①

一首诗歌呈现的是一个人的形象。而这个人，只能是唯一的"这一个"，"五四"新文化全部的命题其实只有一个：立人。而在100年后我们回溯这个传统，发现这依然是一个根本的、核心的命题。

立人——人正是在不同的偶像前才得以创建自己的形象。上帝之前是木偶，上帝之后是AI。《圣经》里有一个著名的"雅各的角力"的故事，雅各与天使角力了一夜，最后胜利了，我并不认为这是人和天使之间的角力，而是人类与自身的角力。人类与AI同样如此，首先是人类与自己的角力——不做"假人"，而要做"真人"，这个时候，一种新的原始性就被创建出来了。当然，要获得这种原始力，就必须占有全部的时代、废墟和历史的心碎。

---

① ［美］宇文所安:《九世纪初期诗歌与写作之观念》，《中国"中世纪"的终结——中唐文学文化论集》，宇文所安著，陈引驰、陈磊译，生活·读书·新知三联书店，2014年。